青春の旅

大学四年生の名村真由子には商社マンの恋人がいる。

彼と出会ったのは一年生の時で、入院中の叔母を見舞いに行った帰りに立ち寄った図書館だった。彼はその時、社会人二年生。五歳も年上の湊斗《みなと》は、今まで真由子が出会った男子にはない渋さがあり、大人の男性の何とも言えない落ち着いた雰囲気を漂わせていた。

真由子が本棚から選んだ本を手にしたまま、まだ何か面白い本はないかと物色していると、足元に一冊の本が落ちてきたのだ。「失敬！」と言って彼が落とした本を取り上げた時、一瞬、斜め目線で目が合い、そのとたん、線香花火に火が付いたみたいに、ポッと頬が赤くなるのが自分でも分かった。

「アドラー？　心理学？」

彼は、真由子が手にしていた本を見て言った。

「えっ、あ、はい」

真由子は心の中を透かし見られたような気がして、返事をしながら慌てて視線をずらした。

心理学に興味を持ったのは、母を亡くしたとき想像以上に父が落ち込んでいたのに、そんなに日を空けず再婚したことが理解できなかったからだ。母への裏切りではないかと思った。同時に真由子は父の本心と真実が知りたかった。

母が大好きだった真由子は、父を許すという境地には至っていない。

「ふーん、心理学部？　学生さん？」

「いいえ、あっ、はい」

「えーっ、どっち!?」

そこが図書館だということを忘れて彼は大笑いした。真由子もつられて笑った。人の視線が二人に集中したことを知って、彼が出ようかと言った。

図書館を出るとすぐ目の前にある川へ、真由子は初めて出会った人と下りた。川辺に座り話をした。彼は休みの日には度々図書館へ来るという。真由子は家も大学もこの近くで、教育学部に籍を置いていると言った。だから心理学部ではないけど、学生は学生なのだと言うと「ああ、だから、いいえ、はい、なのか」と言い、また笑った。

その時の出会いを思うと、真由子は不思議でしょうがない。そんな簡単に恋に落ちるものかと。まるで、瞬きを一回したとたんに世界が変わったみたいだった。

初めて会った時の彼の眼差しは涼しげで、白いシャツとネイビーブルーのズボンがいかにも夏らしく、すらりとした長い脚を想像させた。

しかし、湊斗とはもう三年も付き合っているのに、彼は今でも真由子を子ども扱いする。自分は大人の領域にいると思っているのに。

湊斗と初めて結ばれたのは、出会って一年後だった。終わった時、彼は真由子の背をさすりながら、ごめんねと言った。身体の中心の経験したことがない痛みをこらえて、それでも真由子は身体も精神も解放された気がしていた。それなのに何故、謝るのと聞いたら、君は初めてだっただろうし、未成年に悪いことしたみたいだったからと言った。私はまだ学生だけど充分大人だと反発したのだ。今でも一人前扱いされてないと感じる。それが不満と言えば不満だ。まだ学生だからなのか。

それに今、真由子は無性に悲しい。それは、彼がこの秋から北海道に転勤になったと言ったからだ。春には卒業する真由子に、付いてきてほしいとは言わなかった。だから、さっき、真由子の部屋でおでんの竹輪を食べているとき聞いたのだ。

「私のこと、どう思ってる？」

「どうって？」

湊斗の言葉に真由子は沈黙。しばらくして可愛いよと言ってくれた。

それで？と聞き返しはしなかった。

「遠距離になるね」

「大丈夫、そんなに長くないから」

「どれくらい？」

「前例では三年かなあ」

三年！　真由子は絶句した。

湊斗は次にコンニャクを食べ終えると（彼は好きなものはいつも最後に食べる）真由子の気持ちも知らず、「明日、早いから」と言って、さっさと帰り支度をした。二人は同棲しているわけではない。でも、実家暮らしの湊斗は時々泊まって帰る。

湊斗が「じゃあ、お休み」と言い、真由子の両肩をとんとんと叩いてハグした時も、彼は真由子の心の内は分かっていないと思った。もう私たち、別れることになるのかなとも。でも、そんなの嫌だ！

湊斗が出ていくと、つけっぱなしのテレビの音量が急に大きくなった。流れていたのは奥村チヨの「恋の奴隷」。一九六九年を代表する歌で毎日どこかの民放で流れている。真由子は、私この歌大嫌い、と思わず声に出し、即テレビを消した。それからビートルズのレコードをかける。ノリノリでリズムに身体を任せた。それでも心は晴れなかった。

午後九時。じっとしていられなくて半袖のトレーナーにジーンズ姿で部屋を出た。

住宅街を抜けて山手幹線へ出る。まっすぐ西へ向かった。だんだんと早足になり、駆け足になり、住吉川で歩みを止め、階段を十六段下りた。ここまでは早足で歩くと十五分位で着く。湊斗と出会った図書館だって歩いて行ける。

裸足になって緩やかな流れに足を浸し、置き石の上に腰掛けた。川の水で冷やされた涼しい風が首筋を撫でて通り過ぎる。神戸の風は六甲山から南へ、真由子の住む東灘にも吹いてくる。暑い夏でもその風を感じると、一息つけてほっとするのだ。ここでは荒れたり揺れたりする心をリセットすることができる。

どこかで花火の上がる音がする。重くて鈍い音だ。去年は湊斗と港の花火大会へ行ったのだ。今頃、明日の東京出張の準備でもしているんだろうな。人の気も知らないで。

真由子は学生時代最後の夏休みなのに、まだ就職先が決まらない。決まらなければ実家へ帰って来い、と父は言うけれどその気にはなれない。実家には父より七歳も若い義母がいる。真由子が大学生になった時に父は再婚した。母が乳癌で亡くなってから一年も経っていないのに。

真由子の母は明るく社交的で、病気になるまでは母を慕った訪問客が絶えなかった。真由子の中学時代の男子も高校は別々になったのに、お母さんお母さんと言って家に来ていた。時には真由子がいない時もあり、遅れて学校から帰ってくると、彼らが真由子に「お帰り」と言い、「ここは私のうちや、お邪魔してますやろ」と言い返したこともある。父が再婚すると誰も来なくなった。

義母が来てから半年後、家を出るといった真由子に父は、しぶしぶ今の住まいを探してくれたのだ。ママハハとなんか一緒に暮らせるわけがない。母の仏壇もあるのに、ママハハは平気な顔をして、水や仏飯をあげたり花を供えたりしている。

真由子はふと思った。父は社会人としては出来た人間だと思うが、一人で生きていけない人かもしれない。仕事以外では母に頼り切っていたから、母の代わりになる、つっかえ棒みたいなものが必要だったのだと。

真由子がそう考えるようになったのは、アドラーを読んだからではない。恋をしたからだ。けれども恋をしたとたん、不安もついてきた。

十二畳位の和室と小さなキッチンがついている真由子のアパートは、思いのほか居心地がいい。垂水の実家から電車で一時間以上かかるけれど大学からは徒歩十分だ。

「あーあ、どうしようかな」

真由子は声を上げて夜空を見上げ、乾いた涙の後を指でなぞる。

「もう、何もかも、ヤダヤダヤダヤダ。三年も待ってられないよー」

川の水を足でばたつかせて声を上げた。

「お嬢さん」

突然、背後から声をかけられた。

びっくりして振り向くと、作業着っぽい服の男が二人、後ろにいた。

「失礼！　驚かせてしまいましたね」

男の一人が胸ポケットから手帳を見せた。二人は公安の刑事らしかった。

「何、されてるんですか」

「何って、別に……ウォーキング途中の休憩ですが」

「夜に一人で？　危ないですよ。学校は？　高校生？」

「大学生です」

彼らは、ん？　未成年ちゃうんか、と呟いた。そして二枚の写真を見せた。

「ところで、この方を見かけませんでしたか」

写真の中の男性は荒れた感じがしたが一度だけ会っていた。それから、もう一枚の写真を見る。その女性は早坂奏美。高校の時の同級生だ。

早坂奏美との初対面は高校の入学式の日だった。彼女とは座席ナンバーが五十音順に前後で、座っていると後ろから肩をポンポンと叩かれ、振り向くと半分に折った白い紙を渡された。いきなりで驚いたけれど、それを開いて書かれている文字を目で追った。

『私は早坂奏美といいます。読みはカナミです。よろしくね。大人しそうな貴女へ』

真由子はメモを一枚破り、さっそく返事を書いた。

『私は名村真由子。こちらこそよろしく。大人しそうに見えた？』

振り返ってメモを渡すと、すぐにまた肩を叩かれ真由子は再びメモを受け取った。

『部活は何に入るつもり？　私は新聞部。でも式の時に聴いた歌が素晴らしかったから聖歌隊に入りたくなったわ。だけど歌の試験があるそうです。あなたもどう？』

『コーラスは音痴だから無理。あなたの名前、素敵ね。音楽が流れてきそう』

初対面ながら、担任が教室に入ってくるまで二人は小さな紙切れを交換し合った。そうやって真由子と奏美の友情ごっこが始まったのだ。

S女子校はカトリック系だが真由子はクリスチャンではない。奏美もクリスチャンではなかった。彼女は音大付属の高校入試に失敗してここに入学したのだと言っていた。音楽の道は閉ざされたけれど歌は大好きで、聖歌隊に入れたと喜んでいた。

　ホームルームや学校帰りはいつも奏美と一緒だった。真由子はテニス部に入ったが、自分の方が早く終わると、音楽室の片隅で奏美のコーラスが終わるのを待っていた。歌っているときの奏美は生き生きとしていた。それは歌っている時だけで、そうでない時は、何故かいつも寂しそうだった。

　休みの日や部活がない日、真由子はよく奏美を自分のうちに誘った。真由子のうちは自由で人の出入りも多かった。父は休日でも書斎にこもりがちだったが、真由子の母親は娘の友人が遊びに来るのを真由子と一緒に楽しんでいたのだ。

　母は、人が来ると手作りのクッキーや紅茶でもてなし、何でもない話でもちゃんと受け止め、話を理解しようとしていた。高校で学校がばらばらになった真由子の中学時代の友人も男女を問わず来ていたので、奏美は彼らとも話をするようなった。

「早坂さん、歌が上手なんだってね。お勉強もよく出来るんだってね」

　真由子の母はソプラノの声で、そんな風に何かと奏美を褒めたり、関心をもって、その場を居心地よくするのが上手だった。真由子の家は、話し上手で明るい母の性格のおかげもあり団欒であふれていた。真由子はそんな母が自慢だった。

　そんなことで奏美が嫉妬に苦しみ、傷ついているとも知らずに。

それを真由子が知ったのは母の通夜が終わったあとだ。通夜に来てくれた奏美を外まで送ってお礼を言った後、奏美は話し出した。

「真由子のお母さんは、うちの親と比べて、おしゃれで賢くて素敵だった。いつも、まるで見せびらかされているような気がしたわ。真由子は誰からも愛されていて、何で同じ人間に生まれてこんなに差があるのかと、ずっと思っていたわ。こんな不公平ってある？　私の家は両親が美容院を経営しているので、ほとんど構ってもらえない。お店も、そんなに流行っていない。私は母の見栄で今の学校に通っているだけ。真由子はお母さんを亡くしたから、私の気持ち……少しはわかってもらえたかしら」

真由子はわなわなと心が震えた。どうしてそんなこと言う!?　こんな時に、今ここで。まるで、母が亡くなっていい気味だと言っているみたいだった。

「なんで、どうして……」

真由子は奏美に何か言いたかった。けれども言葉が出てこない。

奏美は更に言った。

「宗教の時間に習ったよね。イエス様は、もし誰かがあなたの右の頰を打つなら他の頰をも受けてやりなさいって言ったという。そんなこと出来るわけがない」

その授業は真由子も覚えている。十字架の刑にかけられ、ユダヤのパリサイ人や律法学者に唾をかけられる場面で、イエスは神に祈っている。

『神よ、どうか彼らをお許しください、彼らは自分が何をしているかわからないのです』

と。そんなキリスト教の教えなんて辛いだけだと、真由子はその時思ったものだ。それにキリスト教道徳はあの世の世界ばかりだ。今、生きている人間のためのものではないのではないか。クリスチャンの学校にいながら真由子はそう思っていたのだ。

「恵まれた生活をしている人には、そうでない人のことなんか考えられないのよ」

奏美は最後にそう言って、それでも、ごめん、ご愁傷様、と言って駆けていった。

翌日の葬式は、それにふさわしくない晴れ晴れとした緑の美しい葉桜の季節で、母が愛した庭の桜の木は、深呼吸するように枝を伸ばしていた。

奏美は葬式には来なかった。真由子は奏美に会うのが怖かったので正直ほっとした。

その夜、真由子は奏美と激しく争っている夢を見た。

松明を持って奏美が追いかけてくる。やめてー、いやー。

びっしょり汗をかいて目を覚ました。

あとで分かったことだが、ちょうどそのころ奏美の家は火事にあっていたのだ。

以来、奏美は学校にも来なくなったし連絡もない。のちに、奏美のお父さんは行方知れずで、彼女は母親と一緒にどこかに引っ越したという噂が流れた。しばらくして真由子は、早坂家が誰一人欠けることなく無事だったと、高校時代のもう一人の友人である園田果凛から聞いてとりあえずほっとした。火事は夫婦喧嘩のさいに、お父さんが蹴とばした石油ストーブから出火したようだ。炎は、店にある美容関係の化粧品や薬品に引火、爆発し、一階の店舗から階段を上るように二階まであっという間に燃え広がったらしい。奏美は物干し場から飛び降りて助かったという。

日が経つにつれ、真由子は奏美の心の裡に潜む苦悩を自分が気づかなかったことへの後悔を感じるようになった。平和で穏やかな自分の家庭を見せびらかしているつもりは、もちろんなかったが、奏美が真由子を自宅に誘ったことがないのも、そういうことだったのか、と後に思い当たるのだった。

母を失くして、母と娘が仲良くしている姿を見ると、今、真由子は妬ましく思う。だから、奏美の心がいじけている、歪んでいると思うことは、もう真由子にはできない。それはキリスト教の精神にも反するものだ。

あんなに仲が良かったのに、喧嘩したわけでもないのに、奏美と会えなくなって四年近く経っていた。

真由子は母の三回忌に実家に帰った。

（お母さん、どうして早く死んだの。この家は自慢の家だったのにお母さんがいなくなって誰も近寄らなくなったよ。その代わり、葉子という人がお母さんの代わりに来たよ。でもお母さんは心の広い人だから許してるのかな。寂しいよー。私も家を出たよ。夢でもいいから会いたいよ、お母さん）

線香をあげ、目を閉じて、真由子は母の仏前に手を合わせた。

仏間を出ると、義母から、昨日届いたという一枚のはがきを受け取った。裏に返して住所と差出人を見た。差出人は早坂奏美。

奏美は意外にも近くにいた。真由子のアパートから電車で一駅だ。真由子の胸は高鳴った。

ふと、最後に放った奏美の言葉がよみがえる。思い出すと辛い。でも、奏美だって真由子以上に辛かったのかもしれない。奏美は思い切って気持ちを吐露したことで、少しは心に余裕ができたのではないか、真由子はそうあってほしいと願う。

真由子がそう考えた時、母の最期の言葉を思い出した。

「真由子、いい人生にしてね。お友だちを大切にしなさいね」

お母さん！　真由子は掠れ声で母を呼んだ。母が帰ってこないことは分かっているけれど、呼べば会いにきてくれるような気がしたのだ。真由子は改めて母の言葉をかみしめた。

それに、奏美とは嫌な別れ方をしたけれど、やっぱり懐かしい。

ただ、そこには近況を知らせる内容はいっさいなく、「会いたい、乞う連絡」とだけ書かれていた。真由子は奏美らしくない書き方に違和感を持った。しかし奏美も家が火事になったりして苦労しただろう。それに、ハガキまで出して会いたいと言ってくれているのだ。そう思うと返事を書かないわけにはいかなかった。

それからしばらくは音沙汰なかったが、奏美は夏の終わりに予告なく真由子の住むアパートへやってきた。

黄ばんだ長袖のTシャツと、よれよれのジーンズ姿で玄関に立った奏美は、すっかり様変わりしていた。ふっくらと可愛かった頬はこけ、ちょっと暗いイメージもあったけれど、静かで控えめだった目は尖っていた。しかし、ずっとずっと大人になったようにも見えた。真由子は、懐かしさのあまり奏美に抱きついて喜び、部屋に入れた。

真由子は紅茶を入れながら質問攻めにした。

「私も辛い時期だったけど、大変だったね。火事の後、どうしてたの、学校は？　お父さん、お母さんはお元気？　私も色々あって今は一人暮らし、あなたも一人住まい？　生活は大丈夫？　私たち、割と近くにいたんやね。これから、もっと会えるね」

奏美は真由子と違って落ち着いていた。

「いっぺんに聞かれても……、たくさんじゃないけど火災保険が出たから当面はなんとかなった。私も今一人。母は火傷が酷くて、とうとう去年亡くなったわ。私もほら、あっ」

奏美は腕をまくりかけてやめた。

「わたしの腕も酷くて、見たら気分悪くなるかもしれないから夏でも長袖。父は火事を消すこともせず直ぐに逃げて無事、でも、私達からも逃げた。どうしているか分かんない。探す気もないわ」

「まあ、ひどい」

「真由子はどこの大学に行っているの？」

「この近くのB大学。奏美は？」

「私はC大の二部、でも殆ど行ってない。アルバイトも忙しいし、他にやることがあるし」

それから奏美は、これ見てと言って布鞄の中から一枚のチラシを出した。

それは学生運動の勧誘みたいな文面で、七十年安保条約更新反対、ベトナム反戦、大学改革、沖縄返還、などが赤字で大々的に印刷されたチラシだった。

「まさか、奏美？」

「真由子はお母さんを亡くしたけど、幸せだったよね。今でも困っているわけじゃない。私はバイトで学費を稼ぎながら大学に行ってる」

「そう、大変ね」

「今更なんだけど、ほんとう言うと真由子と付き合っているときは辛かったわ」

「えっ、でもよく一緒に遊んだじゃない。それに……」

「真由子に何の罪もないわ。私が勝手に思っていただけなの。私は真由子が羨ましくて仕方なかった。自分の気持ちに蓋をして、というか嘘をついていたんだわ。真由子はたくさんの友人に囲まれて、お母さんもおしゃれで賢い人で、嫉妬していたのだと思う。とにかくコンプレックスの塊だった」

「そんな……。奏美は頭もよかったし、私は勉強でも奏美を目標にしてたんよ」

「お通夜の時、真由子に酷いこと言って、ずっと後悔していたの。私って、なんてひどい奴なんだって。だから火事で家が燃えたりしたんだわ。イエス様も罰を与えるんだって思った。それなのに、真由子はこうして私に……」

「私も気がつかなくて悪かったと思ってる」

「ううん、真由子は全然悪くない。でも今回のことがあって自分の生き方について考えるようになったの。そんな時、学園祭でうちの大学に国立の大学生で民青同盟に入ってる男の人が来て、演説したことがあったの。私はその人に凄く共感したんよ」

「どんな内容？」

「世の中、間違いだらけなんよ。不平等で、役人や一部の特権階級の人ばかり恩恵をうけているって知ってる？　自分より貧しい人々がいるという悲惨、信じられる？」

「でも、私たちに何が出来るの」

「だからあ、傍観者でいていいの？　今こそ行動して世の中を変えるの」

奏美は〝今こそ〟に力を込め、のんびりした真由子にイライラして言った。

「来週、勉強会兼ねて集会があるから、来てよ」

「集会？　どこで？」

「集会と言っても大げさなものじゃなく十人くらい予定してる。会場借りる余裕がないから今回はわたしんち」

「でも……」

「真由子の高校時代の友だちも誘ってよ。皆どうしてる？」

「みんなばらばらになったけど、それぞれ頑張っているわ。あ、一人だけT大に行った」

「T大は学園闘争激しいよ。私たちも今度のデモに参加するかも」

「へー、奏美、変わったね」

「変わらなきゃ！　ぼうーっとしていたら日本はアメリカの属国になって、いいように利用されるんやから」

奏美はそれからも難しい話をたくさんした。そして「来週、待ってるから」と言い、最後に冷めた紅茶を一気に飲んで帰っていった。

真由子は集会に行くとも行かないとも言わなかった。


真由子は、奏美が危ない団体に巻き込まれていくのではないかと心配になった。

新聞やテレビのニュース番組では、学生による社会主義運動、マルクス主義運動が盛んで、あちこちでデモが起こっている。世間の関心ごとに疎く、日々のんびり過ごしていた真由子だが、訳もなく胸騒ぎがした。

集会の日が近づくにつれ、覗いてみたい気持ちと、そんなところに行くのは危ないという気持ちの間で心は揺れた。しかし、とうとうその日、言われた時間を二時間も過ぎていたけれど、地図を片手に奏美の住む場所へ足を向けた。

「ここだ」

そこは、遠く山が連なる六甲山の麓にあたる場所で、古びた四軒長屋が並んでいた。真由子は、いちばん西端の、厚紙に黒マジックで書かれた「早坂」という二文字を見つけた。

玄関先で躊躇していると、中から男女入り交じった強い声が聞こえてきた。

「仲間が……議論……安保……行動を決め……理想」

言葉の端々を耳にした。

真由子は、せっかくここまで来たんだからと思い、ガラス戸の木枠を軽くノックした。

すぐに知らない男が戸を開けた。少し癖のある長髪の男で、鋭い目は充血していた。

「あのう、早坂さんは……」

「ああ、君、新参者？　聞いてるよ。どうぞ」

男は引き戸を大きく開け、奥へ向かって「奏美」と叫んだ。

「はーい。あっ、来てくれたんや。他の子は？」

手を拭いながら出てきた奏美が聞いた。

「私だけ」

「そう、ま、いいか。入って」

半間ほどのたたきに散乱している運動靴やサンダルを避けて、靴を脱ぎ中に入ると、むっとした空気が押し寄せてきた。その場にいた人たちに奏美が真由子を紹介した。

「私の高校時代の友人」。真由子は軽く頭を下げた。

口々に「おおう、よく来た」と言われ、大きな拍手が起きた。

「私、今、ガリ版刷りしてるから、その辺に座って」

奏美は元の場所、二畳位の板間に戻り作業を始めた。

真由子は空いている所ににじり寄り膝を正して座った。

六畳程の座敷に、男子学生が七人、女子が二人、ぎゅうぎゅう詰めになって座っていた。彼らは怒りを込めて叫んでいた。

「仲間が集まって議論し、行動を決める。これが理想社会だ！」

「そうだ、そうだ！」

「古い機構や制度を変えるぞ！」

「おう！」

「日米安保反対！」

「はんたーい！」

「ベトナム戦争反対！」

「はんたーい！」

口々に呼応し合い、彼らは、来たる十月に国際反戦デーに参加することを確認していた。

安保反対のデモは地方の学生や市民にも広がっているのを、真由子は知らないわけではなかったが、血気盛んな彼らを目の当たりにすると、場違いな場所へ来てしまったと後悔した。奏美に助け船を出してもらいたくて見ると、彼女はガリ版刷りを終えたようで、すぐ横のコンロで湯を沸かし、お茶を淹れていた。

それが集会の終わりらしく、それぞれが配られたお茶を飲み終えると、リーダーらしき人が「解散」と言って、奏美と一人の男子学生を残して散っていった。残ったのは戸を開けて「奏美」と叫んだ学生だった。しかしその学生も奏美の耳元で何か囁き「じゃあ、あとで」と言って出ていった。

「今出ていった人、もしかして奏美の恋人？」

呼び捨てで奏美を呼んだこともあり、真由子はそんなイメージをもった。

「勝彦とは成り行きで一緒に暮らしてるけど……、恋人未満、友だち以上かな。あ、というより同志！」

「勝彦さんっていうんや。で、ここはどんな人達のグループなん？」

「民青同盟の地方版みたいなもんやねん。民青には古い歴史があるんよ。皆、平等で開かれた社会をめざしてるんやわ」

「大丈夫？　運動に参加するの？」

「真由子も一緒に東京、行こう！　全国から学生が集まるんよ、この国のために！」

「私は……、父に叱られるわ」

「あ、そうか、真由子にはお父さんがいるし、お嬢さん育ちで何一つ不自由なく守られてるんやなあ。やっぱり、私とは違うのか」

憐れむような目を向けられ、真由子は言葉に詰まった。

奏美も彼らも正義感に燃えている。このままでいいのかという思いが頭をよぎり、真由子は重いものが肩に乗っかった気分だった。だけど、彼らの行動は正しいのかどうか、分からない。

すっかり陽が落ちて自宅に帰ったら、湊斗が玄関先に立っていた。

「あ、お帰り。いないのかと思って帰るとこやった」

真由子は思わず駆け寄り、湊斗の胸に飛び込んだ。

「なんかあった？」

湊斗が震える真由子の背中を優しく撫でてくれた。しばらく温かい胸に顔を埋めていたら、少しずつ落ち着いてきた。

「どうした？」

「民青って知ってる？」

湊斗にそう聞き返した真由子は、彼から離れ、アパートの鍵を開けて中に入った。

「ああ、母体は共産党で若い人の団体やな、それがどうって？」

「今日、高校時代の友人の所に行ってん。そこに民青の人、十人くらいの学生がおって、みんな熱くて、なんか圧倒された」

「彼ら、ほんまは真面目な人間なんや、色々考えてるからね」

「デモに誘われた。ちょっと怖かったわ」

「極端になりすぎると暴走しかねないな。確か九年前位かな、デモに参加していた樺美智子という東大生が亡くなったんやけど」

湊斗は上着を椅子にかけてテーブルについた。それから、一九六〇年の、主に全学連主流派（べ兵連）によるベトナム反戦運動や日米安保改正反対の大規模デモの実態を教えてくれた。それは、岸信介首相とアメリカのアイゼンハワー大統領が既に調印した後の、国会での安保改正の強行採決を何としても阻止するというものだった。

安保条約によって、日本がアメリカの戦争に加担するようになるかもしれないという不安からくる切なる主張で、三十万人以上の学生や一般市民までが参加したという。しかし、そのデモは彼らが国会に突入する際に、強靭な機動隊によって押し返され、その際に樺美智子が犠牲になったらしい。

「僕は、まだ高校生だったけど、デモの前日、先生が明日デモに参加するぞと言ったのを覚えてるよ、かっこいいと思ったな」

「ふーん、私、何にも覚えてないわ」

「いっとき樺美智子は、日本のジャンヌ・ダルクと言われていたよ。テレビで見たら彼女、地味な感じでそんな闘争的な子に見えなかったけどなあ」

「そんな前から安保反対は続いてるの？」

「条約は十年ごとに改正されるからね。今は社会が右肩上がりに成長してるから、当時より下火になったのかな。だけど、今でも赤軍派とか、べ兵連とかが活動してる。実は僕も学生時代にちょっとかじったけどね」

「かじったって？」

「まあ、正義感からかな。若気の至りというか。勢いというか。真由子はデモに行ったらあかんで、樺美智子みたいに死んだら困るし」

湊斗は、笑いながら横に座る真由子の肩を抱いた。

「ところで、卒論のテーマは決まった？」

「うーん、一応テーマは児童心理、でも学生運動の歴史もちょっと興味わいてきた」

「児童心理は、今の勉強の延長やし、将来、役に立つよ。学生運動なんて真由子らしくない。やめとき」

「あは、冗談！」

「ところで、お茶くらい飲ませてくれる？」

「あ、ごめん。というか、お腹すいたね。なんか作るよ」

「面倒やからラーメンでも食べに行こうか？」

「うん、行く行く」

　真由子は家を出て、国道筋のラーメン屋まで湊斗と手を繋いで歩いた。

　歩きながら湊斗の手の温かさをかみしめていた。母が亡くなって心細く、自分は世界一不幸だと思っていた時に、湊斗に出会い、今日まで不安なく過ごせているのは彼のおかげかもしれないと思う。

　でも、奏美はどうなんだろう。まるで、デモが生きがいのような生活。昨日、最後まで部屋にいた男子学生は奏美の恋人だろう。奏美は彼に感化されたのかもしれないと真由子は思った。

　ラーメンを食べて帰り道、また手を繋いだ。

　後ろの方でドンという音がして、振り向くと夜空が光っていた。

「あ、花火！」

「花火、観に行こう！」

湊斗は真由子の手を固く握ってくるりと体の向きを変え、港の方へ猛ダッシュした。


「いいえ」

真由子は、刑事が見せた二枚の写真を改めて見る。一枚は奏美の恋人だ。そしてもう一枚の写真に写る奏美をじっと見つめた。奏美とは一年前に会ったきりだ。

去年の夏、彼女の家での集会に行った後、毎日のように集会への誘いがあったけれど、真由子はのらりくらりと返事を後回しにして逃げていた。一週間もすると諦めたのか、連絡が途絶えた。

「この二人、どうかしましたか」

「探しているんです」

「私……ごめんなさい。この女の人、知っています。高校時代の同級生です」

「えっ、連絡つきますか？」

「長い間、音信不通なので今は……」

刑事は真由子の住所を聞いて、もし分かったことがあったら署まで連絡して下さいと言い、川下の方へ歩いていった。

真由子は奏美のことを気にしながら家に帰った。帰るとすぐにお風呂に湯を張った。何だかもやもやとした思いにかられ、湊斗に電話してみようと受話器を手に取った。が、直ぐに思いとどまり受話器を置いた。

さっき会ったばかりなのに声が聞きたくてしょうがない。けれど、こんな時間、彼が出るとは限らない。湊斗の家には家族もいる。三年も付き合っているのに彼らとは一度も会ったことがない。

奏美や湊斗のことをぼんやりと考えていたら、ドアがノックされる音に気づいて我に返った。続いてチャイムが鳴った。こんな時間に誰だろうと思い、ドアの小さなのぞき穴から外を見る。目の前に黒っぽいシャツの女性が見えた。

「真由子、いる？　私、早坂奏美」

えっ、なに、奏美って。真由子はためらいもなく反射的にドアを開けた。

「ごめん、こんな時間に。入ってもええ？」

「あ、どうぞ」

靴をぬぐ前に奏美はドアの鍵を素早く閉めた。のぞき穴から外をうかがう。そして胸に手をやり、弾ませた息を落ち着かせようとしていた。

「どうしたん？」

「逃げてきた。行くとこなくて」

「逃げたって、誰から？　ま、そこに座って」

真由子は台所の椅子を指さし、冷蔵庫から麦茶を出して勧めた。

奏美は一口飲んで話し出した。

「勝彦から。真由子も一度会ったことがある人、ほら、集会の時の」

一年も前なのに、真由子は彼を鮮明に思い出した。そして先ほど刑事に奏美の写真を見せられたことを言うか、言うまいかと一瞬考えた。この状況では、奏美は犯罪に関わってはなさそうに思う。それなのに言いそびれてしまった。

「勝彦さんって民青の人？　奏美の恋人やね？」

「恋人って私は思ってない、同志って思ってた。勝手にうちに転がり込んで、でもだんだん恋人気どりされて、いろんなこと束縛されるようになって、もう限界」

奏美はテーブルに肘をついて頭を抱えた。真由子は黙って奏美の背中に手を添える。

「私、運動から手を引こうとしたの。議論していたら話も合わんようになって。結局、女はいつまでも補助的な役割しか与えられへん。料理救援、ガリ版刷り、有志を増やすことか。ちょっとでも違うこと言うたら、皆の前で革命的行動指針に背くって責められ、自己批判、強要されて最後は総括される。なんか怖くなった。私、もう、居場所がなくて家、出て一週間、帰ってないねん。彼が家にいると思うと」

「えーっ、そうなん？」

改めて見ると、奏美の顔や手足は煤けて汚れていた。

「奏美、ひどい顔してるよ。とりあえずお風呂入って、ちょうど沸かしたとこやから」

「いいの？」

「うん。よかったら泊まっていって」

「助かる。私、真由子しか頼る人いなくて」

真由子は奏美がシャワーを使う音を聞きながら、自分の洗濯済みのTシャツとズボンを用意した。奏美が風呂からあがると、お腹が空いてないかと聞き、食パンを焼きミルクをたっぷり入れた紅茶をそえた。

一晩中、二人で話をした。奏美はあまり学生運動の話はしなかった。もっぱら高校時代の話に花が咲いた。真由子の家で仲良くなった男子のことや、亡くなった真由子のお母さんのことなど。

奏美は真由子のお母さんが好きで実は尊敬していたと言った。そして、真由子が羨ましくて自分は相当ひねくれていたと打ち明けた。

「真由子は、変わらず私に接してくれたね、今だってそう。育ちがいいと、こんなに違うんや。私、真由子を見習わなくちゃ」

「とんでもない。私ってていい加減なもんよ。奏美みたいにしっかりしてないから」

真由子は両手を胸の前で激しく振って否定した。

そろそろ寝ようと布団を敷き、二人並んで横になった。タオルケットをかけて電気を消す前に、真由子は思い切って、今日、住吉川で刑事に奏美の写真を見せられ聞かれたことを話した。奏美は驚きもしなかった。

「ああ、私たち、公安に睨まれているから。でも、私、決心した。もう逃げへん、誰からも。彼とは明日帰ってきっぱりと決別宣言する」

「それがいいかもね」

「おやすみ、今日は色々ありがとう」

目を閉じた奏美の目尻から滲んだ涙が、真由子の心を切なくする。


大学生活四回目の夏が終わった。

就職活動の成果もなく、というか真由子は、そもそも、あまり熱心に活動していなかった。それは実は大学院への心理学部へ入学を希望していたからでもある。落ちた時のことを考えると就職も、と思っていたのだけれど、そんなのだから、どちらも中途半端なのだった。

しかし、やはり進学する方向へ動く気持ちの方が大きく、推薦を受けるにしても真由子はそれなりに勉強していたのだ。

時代は少しずつ変わろうとしていた。去年までの世界の好景気はアメリカのインフレ状態を境に徐々に影が差し、日本でもその影響から学生の就職も難しくなっているようだった。

九月になって、湊斗は規則正しく仕事帰りの金曜日ごとに来て泊まるようになった。会社から直に来るので、時々、残った仕事を持ってくることもある。そして日曜の午後、自宅に戻る。毎回、毎回、家族の人に変に思われないかと聞いたら、「いい年の大人やし、いちいち詮索せんわ」と言った。「僕が娘だったら、そうはいかんけど」とも言った。真由子は、それちょっと古い考えかも、と思ったが口にはしなかった。

今の真由子は一人暮らしだから、好きな人と一緒にいても父が知らないだけで、もし、男の人といることが分かったら、怒って家に連れて帰られるかもしれない。

女は自由ではないんだ、と思う。そして、湊斗は大好きだけれど私は恋の奴隷にはなりたくないとも思うのだ。この先、湊斗と、どうなるか分からないけれど、もうすぐ北海道にいく彼と楽しく過ごすために、真由子はとにかく明るくしていようと思っていた。

そうして、あっという間に二か月が過ぎた。

夕食後、いつものように湊斗と散歩に出た。夏の間中、二人で歩いた住吉川沿いは秋風が吹き、川の水を掬うと水はすっかり冷たくなっていた。

湊斗は三日後、ここを発つ。真由子は水面に視線を落としたまま言った。

「いよいよね、北海道」

「ああ、楽しみでもあるような、不安でもあるような」

「不安?」

「仕事面でね。そうそう、北海道は美味しいものが多いから送るよ」

「ありがとう。手紙も頂戴ね」

うん、約束する、と言って湊斗が出した小指に真由子は自分の小指を絡ませた。

真由子は、湊斗とは身も心も繋がっていると信じているのに、彼が自分ほど寂しがっていないと感じた。男と女は違うのだろうか。今日が最後なのに。もう会えないかもしれないのに。そう思うと泣きそうになる。

「駅まで見送りに行ってもいい？」

「もちろん。学校は大丈夫？」

「大丈夫。あ、家族の人も見送りに来る？」

「いやー、外国へ行くわけじゃなし、来んやろ」

湊斗は東京まで新幹線で行き、本社に寄った後、飛行機で北海道に行くと言った。

真由子は、東京まで付いていきたいと言いたかったが、仕事の邪魔になるかもしれないと思い、言う前に諦めた。

その夜、新神戸駅で湊斗に渡すためにせっせと編んだ毛糸の手袋の仕上げをした。出来上がるとタータンチェック柄の包装紙に包み、赤いリボンで結んだ。

これから北海道は寒くなるに違いない。手袋には、これをはめたら自分のことを思い出してほしいという願いを込めたのだ。

別れの朝が来た。

改札口に向かう靴の踵が、時計の針のように忙しくコツコツと音をたてる。その音を耳にしながら真由子は、まるで時限爆弾のようだと、泣きたいような、笑いたいような、そんな自分が滑稽にも思えて不思議な気持ちになった。速足で歩きながら真っすぐ前方を見た。

湊斗はいない。まだ早いのか、彼は来ていないようだった。真由子は少し離れた所にある五脚並べられた椅子の端っこ、大きな円柱の横に座って待った。その前を行き来する人を見るともなく眺めていた。すると、エスカレーターから降りてきた一人の男が目についた。

あっ、奏美と一緒にいた勝彦という人だ！

一瞬で分かった。どうしよう、でもなぜここに？　彼はどこかから帰ってきたみたいだ。スポーツ選手のような恰好をして、右手には大きめのボストンバッグを抱えている。

真由子は気づかれないように柱の陰に顔を隠して座り直した。が、彼は何も気にする様子はなく駅の構内から出ていき、客待ちしていたタクシーに乗って消え去った。

と、急に女性の笑い声が聞こえ、真由子の少し先を通り過ぎた。笑い声の主は湊斗の横を歩いていた。いや、湊斗と肩を並べて歩いていた。

誰？　あのひと。

急に心臓がパクパクした真由子は、とっさに柱に隠れ座り直した。お尻が椅子に張り付いたように湊斗を見つけても立ち上がることが出来なかった。

湊斗は改札口の前で女性と喋っている。何を言っているのか分からない。

彼は腕時計を見たり、辺りを見回したりしている。やがて改札機を抜け、二、三歩進んだかと思うと、また立ち止まり、もう一度辺りを見回した。それから女性に促されるように、ホームへと上がるエスカレーターに、二人一緒に前後して乗り、やがて見えなくなった。

その様子を、真由子は息を殺して見ていた。

湊斗は真由子の知らない女性と一緒だった。それが、真由子の心を、まるで鉛を飲み込んだように重く押しつぶす。

最後まで彼を追いかける勇気はなく、茫然としていた真由子は、ようやく立ち上がった。のろのろと歩き、駅のトイレへ入った。そして、彼に渡すはずだった手袋を、包みごと手洗い場の棚に置きざりにして、逃げるように駅の構内を出た。

なんというか、真由子の心は空っぽだった。あれからいくつの朝を迎えただろう。朝を迎える度に、あれは悪夢だったのかと思う。

湊斗と親しそうに歩いていた女性が、幾日も頭の中にちらちらと現れては消えた。

生まれて初めての恋だったのに、母が生きていれば応援してくれただろうに。

クリスマスシーズンになり、街行く恋人たちを見かけるころ、真由子は反対に落ち着きを取り戻していった。いつまでも過去にしがみ付くのは自分らしくない、と思うのだ。それに、恋の奴隷にはならないと決めたではないかと自分を叱咤する。湊斗からは別れて二か月にもなるのに手紙はおろか、電話もない。

考えてみれば、付き合って三年も経つのに真由子は湊斗のことを、どれくらい知っていたのかと思う。家族に紹介されたこともないし、両親が何をしている人なのか、兄弟はいるのかいないのか。そんなことさえ知らない。彼自身も家族の話はあまりしなかったように思う。

真由子が見送りに行ってもいいか聞いたとき、あっさりと「いいよ」と湊斗が言ったのは何故だろう。なぜ女の人と一緒だったのか。あの人は誰なのか。

もしかして自分は、単なる遊び相手の軽い存在だったのではないかと、一瞬、思うけれど、真由子の知る限り湊斗がそんな不誠実な人とは思えないのだ。

ああ、本当にもう考えるは止めよう。そう思ったら、今度は駅で偶然見かけた奏美の元、彼氏のことを急に思い出した。奏美は今どうしているだろう。

奏美に会いたい。今こそ！

思い立ったら行動せずにはいられなくなり、夜、まだ、あの場所にいるかどうか分からなかったが、真由子は、かじかんだ手に息を吹きかけながら奏美の家へ足を運んだ。

奏美の家は寒々として、季節風に叩かれた玄関扉はガタガタと震えていた。まるで今の真由子を笑っているような気がした。

奏美はいなかった。その代わり先日、駅で見かけた例の彼がいた。

「彼女は出かけてるよ。君は、あの時の……」

彼は寒いのに、白い半袖Tシャツと作業着のような黄土色のズボン姿で真由子を見据えた。射るようなまなざしだ。

「奏美はいつ帰ってきますか？」

「さあ？　ま、入って待っとく？」

真由子は迷った。さあ、なんて。でも、入って待つように勧めるってことは、そんなに長い時間ではなさそうだ。

「寒いから入って、戸を閉めて、早く」

危険な匂いがしたものの、急かされて、躊躇しながら家の中に入った。そこは奏美の家だ。すぐに帰ってくるに違いないとも思っていた。

家の中は雑然としていた。小さな折り畳み机の上には、食事のあとだろう、汁の残った丼椀と半分に折った割りばしがある。茶渋の付いた湯飲みがある。たたまれてもいないシャツと、雑誌が乱雑に座敷に置かれている。

奏美がここに住んでいる気配はなかった。

「君、岡湊斗って知ってるやろ？」

「えっ」

思わぬ名前が出てきて驚いた。

「奏美から聞いた。岡は俺の先輩なんや。運動のリーダーで、俺は岡に影響されて学生運動に参加したんや。それが始まりや。奏美も同じや。せやのに奴さん、卒業したら裏切りよった」

「そんな……」

「一流企業に就職して自分のことしか考えてへん」

真由子は混乱してめまいがしそうだった。

「ちょっと待って下さい。詳しく……」

「せやから、あんたは騙されとるいうことや」

真由子の話の腰を折り、勝彦は唇の端を歪ませてにやりと笑った。

「そやから、世渡り上手な岡と手を切って、俺と組まん？」

「組まんって、何を？」

彼は真由子の肩に手をかけ一歩近づいた。体臭と煙草の匂いがする息がかかり、首筋がゾクッとした。

「やめて！」

真由子は彼を突き飛ばし叫んだ。玄関に走り靴をつかんで裸足で飛び出した。

彼は追いかけてこなかった。


山元勝彦が逮捕されたというのは翌々日の朝、テレビのニュースで知った。彼は自家製手榴弾を押し入れに隠し持っていたらしい。奏美はそのことを知っていたのだろうか。真由子は奏美が今どこにいるか案じてならなかった。しかし、勝彦と決別して家を出ていたのなら良かったのだと思う。

一週間後、ポストにハガキが一枚と手紙が一通入っていた。ハガキは大学からのもので、大学院への合格通知だった。それを見て、真由子の最終目標はスクールカウンセラーになることだから、湊斗とこの先どうなろうと、これだけは頑張ろうと思う。彼の過去がどうだろうと関係ないと思うことにした。

そして、片方の手紙の裏を返す。奏美からだ。消印は北海道。えっ?!

『真由子、元気?　私は今、北海道にいます。連絡しなくてごめんね。急だったので。牧場で働いています。牛や馬の世話をしたり、チーズ作りを学んだり、心、癒される日々を送っています。大学は辞めました。あれから彼と話し合ったけど、けんか別れみたいになって着の身着のまま家を出ました。どこか遠くに行きたいと思い、貯金をはたいてここまで来たの。そしたら釧路で急病のおじいさんに遭遇し、病院まで送ることになり、やむを得ず一日お世話をしました。おじいさんの身元が分かって家族に連絡すると息子さんが来て……話は長くなるので省略しますが、そういうわけで、そのおじいさんが経営している牧場で働くという、とんでもない展開になりました。でも現状に満足しています。

晴れた日の北の大地で星が瞬く夜空を眺めていると、とても豊かな気持ちになります。

七十年、八十年、生きた人と比べると、そんなに長い年月でもないのに、私はとてつもなく長い道のりを歩いてきたように思います。私は今まで何をしていたんだろう、何を得たんだろうと思うのです。でも、人生をやり直すきっかけをもらいました。

つい最近、別れたはずの彼がここまで来たのにはびっくりしましたが、牧場の人が話をつけてくれました。まあ、結構もめましたよ。彼は住民票を調べたようです。住所の移転や、学校のこと、家の賃貸契約の取り消しやなんかで大変だったけど、全て片付いて、やっと真由子に手紙を書くことが出来ました。

ところで最近、音楽を再開しました。といっても歌ではなくトランペットです。教えてくれる人がいるのです。トランペットを吹くと、牛たちが「モウー」と声援を送ってくれます。とっても可愛いよ。

ここはもう、結構寒いよ。春になったらぜひ遊びに来てください。待ってます！

早坂奏美』

奏美の手紙を読み終えた真由子は、勝彦を新神戸駅で見かけた時、彼は北海道からの帰りだったのだと知った。

真由子は何も知らないで、一週間前、奏美を訪ねて彼女の家に行ったのだった。

思い出すとぞっとする。その時、彼から聞いたことを思い出した。湊斗が運動のリーダーだったこと、奏美が湊斗を知っていたことにも驚いた。だけど、冷静になって考えれば、それがどうした、と真由子は思う。

こんど湊斗と会ったら〝学生運動のリーダーだったんだって〟と、とっちめてやろう。

そう思うと真由子はちょっぴり愉快になった。でも、湊斗に会えるのはいつだろう。

それにしても、奏美が北海道まで行くとは！　真由子は奏美の行動力に驚いた。たくましくも思い、うらやましくも思った。奏美は今まで本当に一生懸命、その時その時を生きてきた。そしてやっと自分の進む道を見つけたのかもしれない。

それに比べて、自分はなんとゆるゆると過ごしてきたことか。やっと進路が決まった私も本気で頑張ってみよう。真由子は新たにそう思うのだった。

三日後に又、ポストには白い封筒が入っていた。それは、なんと湊斗からだった。

『真由子、元気にしていますか。手紙を書くと言っておきながら、遅くなって申し訳ない。着いた早々、めちゃくちゃ忙しかったんだ。怒ってる？　僕も少し怒ってるぞ。見送りに来ると言ったのに来なかったね。だけど、きっと事情があったのだろう。真由子は嘘がつけないし、平気ですっぽかす子じゃないと思う。だから許す。

たまたま、妹が東京へ行く用があって一緒だったので、君を紹介するつもりだったのに残念！　妹も会えなくて残念がってた。

正月には帰るから、その時、僕の家族にも会ってほしい。

ところで、就職は決まった？　家庭に入るのもいいけど、これからの女性は社会に出ていろんなことを吸収した方がいいと思うよ。まあ、決めるのは君だけどね。

では又。寒くなるから風邪ひかないように。

雪の札幌より。　湊斗』

真由子は手紙を読み終えるや否や、すぐに家を出た。行先は、新神戸駅。トイレの棚に置き去りにした、湊斗へのプレゼントの手袋を探すためだ。忘れ物として、きっと誰かが届けてくれているに違いないと思うからだった。

手袋は届いていなかった。

気落ちしたものの正月まで時間がある。編み直そう。湊斗からの手紙で真由子の心は一気に晴れていた。今なら、自分にも他人にもどんなことも許せそうだった。

真由子は三宮の手芸店に出かける。そうだ、同じ柄の物を二つ編んでお揃いにしようと思い立ち、あれこれ選び、選びながら正月に会うだろう彼の妹のことを考えていた。彼女と気が合えばいいなと思う。真由子は一人っ子だから楽しみでもあった。

買い物を終えてセンター街を歩いていたら、前の方から真由子を見て大きく手を振る人がいた。大きな買い物袋を抱えているその人が「真由子〜」と声を上げた。

「あっ」高校時代の同級生、園田果凛だ。

「久しぶりね〜、元気?」

身体も声も大きな彼女は真由子の実家にもよく遊びに来ていた。卒業してからは母が亡くなったり進路が分かれたりしたせいもあり、会うことはなかったが、声を聞くと真由子は一瞬で昔に戻った。「ねえ、ねえ、時間ある？　お茶しよう」と言われ、チョコレートの美味しい喫茶店に入る。二人ともケーキセットを注文した。

運ばれた豊かな香りのコーヒーを飲みながら、お互いの近況を報告し合う。彼女は京都の女子大に通っていて、卒業後は小学校の先生になると言う。

「へー、そうなの。怖い先生にならないでね」

真由子はふざけて言う。

「よく言うよ、真由子は華奢で弱そうに見えるけど案外そうでもないよね。私は反対に身体が大きいから強そうに見えて損ばかりしてた。重いもの持たされたり」

「ごめんごめん、冗談って分かってるでしょ。ほんとその通り、実は気が優しくて力持ち、って言ったらまた怒られるか」

そこで二人は爆笑した。

「真由子、きれいになったね。もしかして恋してる?」

「彼氏はいるよ。でも今は北海道にいて遠距離。果凛は?」

「いるわけないやん。いいなあ真由子、でも遠距離は危ないよ。気をつけな。私は男より仕事に生きる、なあんて」

「なんか、そういうとこ果凛らしい。昔から男前だったもんね」

「それ、褒めてるつもり?」

また、二人は笑い合う。

話は尽きなかった。母のことに触れられても彼女にならなんでも言えた。辛いことも、父がさっさと再婚して自分は実家を出たことも言えた。早坂さんの話題になった時、果凛は急に暗い顔をして忠告した。

「あの子、何考えてるか分かんないとこあったよね。良くない噂も聞いたし。気を付けた方がいいよ」

そういえば、果凛と奏美は気が合わないのか、時々言い合いをしていたことがあった。

「大丈夫よ、彼女も変わったし、今、北海道にいるよ」

「うっそう！　北海道って、真由子の彼氏と一緒じゃん。危ない危ない」

「北海道は広いよ。彼は札幌、奏美は釧路よ」

「相変わらずのんきやわ。でも人は変わるよ。それに早坂さんには前科があるからね」

「前科？」

「真由子には言ってなかったけど、私、高校生の時、お宅に入り浸っていた斎藤君に告白されたことがあって、斎藤君のこと覚えてる？」

「もちろん。へ〜、そうなの？　斎藤君は大人しい感じしかなかったけど」

「うん、私も大人しかったから……なんて言っても信用してもらえないか。ま、その時はびっくりして返事もできなかったんだ」

「知らなかった」

「でね、そのことを何故か早坂さんが知って、斎藤君に迫ったらしいの。私を取るか園田さんを取るかって。彼女は彼が好きやったんやわ」

結局、斎藤君はどちらも取れず、その告白はなかったことになったらしい。一大決心をして告白しただろうに、斎藤君はどんな気持ちだったんだろう。気づけば彼は真由子の家に来なくなっていた。大人しくてあまり目立たない子だったけど、初めに家に誘ったのは誰だったか、あの時は果凛がいるから来たのかもしれない。今頃になって真由子はそう思う。

「彼、今どうしてるかなあ。噂も聞かないね。初めて告白してくれた人なのに、しかもたった一人だけって私の人生寂しい〜」

そう言う果凛はちっとも寂しそうではない。むしろさばさばして楽しそうだった。

「ここのチョコレートケーキ、今でも変わらず美味しいね。懐かしいわあ」

果凛は最後のひとかけを口に運んだ。

二人は電話番号と現住所を教え合う。彼女も実家を離れて京都に住んでいた。二時間以上も同じ場所に居座り、真由子は果凛と再会を約束して別れた。

あくる日から、時間を見つけてはせっせと編み物をした。日に日に寒くなっていく。ががたと窓ガラスが風で揺れる。真由子は今年、小さな炬燵を買い寝室の隅に置いた。外は寒いけど炬燵の中に入れた足は暖かく、作業がはかどった。

無心に一目、一目と編んでいた。が、不意に果凛との会話を思い出した。

早坂奏美。真由子が知らなかった人物像が浮かび上がる。けれど、奏美は真面目で何事にも一所懸命だった。一途！　その言葉が彼女の全てを表しているのかもしれない。

奏美は勝彦の言うことを信じれば湊斗を知っていた。奏美も勝彦も湊斗に感化されて学生運動に傾いていったのだ。でも、彼女からそれを聞いたことはない。

だからって、どうだっていうの、真由子！　真由子は自身に問う。奏美はすでに運動から離れて今は穏やかに暮らしている。何を気にしているのか、訳もわからず混乱した真由子は編み棒を置いて横になった。

湊斗も奏美も遠い北海道にいるということが頭をよぎる。が、同じ北海道といっても二人の距離は遠い。果凛に危ないと言われたけれど、真由子は何でもないことを心配するのはやはり馬鹿げていると思った。

クリスマスシーズンが終わって手袋が完成した。正月まで待たないで送ろうとしたら、先に湊斗から葉書が届いた。札幌の雪景色が印刷されている。

文面の〝正月に帰れなくなった〟という文字が目に飛び込んできた。仕事の事情らしいが詳しいことは分からなかった。それにしても正月休みが取れない会社なんて！　俄かには信じられないがどうしようもなかった。真由子は返事を書いた。

「寂しい」

ただそれだけを黒いボールペンで。

元旦に実家に帰って母の仏壇に手を合わせた。

義母の葉子さんが手を尽くしたおせち料理が並んでいた。めったに顔を合わせない父が屠蘇を注いでくれた。父は陽気だった。昔のように寡黙ではなく、あれこれと真由子の生活を聞き、進学についてのアドバイスを、まるで会社での訓示のように言う。変わったなあ、と真由子は思う。葉子さんのせいか、おかげか、わからないけれど。

一日だけいて、真由子はアパートに戻った。

帰ると年賀状の束がポストに入っていた。

部屋に入って一枚ずつめくる。奏美からのものには乗馬している彼女が写っている。新年の挨拶のあとに馬が恋人と書かれている。写真の笑顔が今の真由子には眩しい。湊斗からのはなかった。帰るつもりだったから出さなかったのだろう。

最後の一枚に果凛の年賀状があった。

市販の予め印刷された年賀はがきに、美しい文字でまた会いましょう、京都に出向いてきてよ、と書かれていた。簡単でさっぱりして果凛らしいと思った。

京都なら三宮から一時間くらいで行ける。清水寺や東寺には行ったことがあるけれど、果凛に京都で会ったことはない。真由子はさっそく果凛に電話して明日、会えるかと聞いた。

八坂神社は人で溢れていた。和服姿の人を見ると真由子は毎年、正月に母が着物を着せてくれたことを思い出した。その着物は家を出てから目にしたことはない。

真由子は普通の洋装で出かけた。黒いコートの下に山吹色のセーターと黒いズボン。果凛は紺色のコートにジーンズ。二人とも正月らしい服装ではなかった。

「昨日、会ったばかりのような気がするけど、嬉しい。お正月だって一人だもん。彼はやっぱり帰ってこなかったんや？」

「うん」

湊斗から帰省できなくなったという葉書が届いたことは昨日の電話で喋った。

神社でお参りを済ませると、果凛は今の住まいに連れて行ってくれた。八坂神社からそう遠くない細い路地をいくつか歩く。着いたところは奥へ細長いちょっと暗い家だった。中に入ると小さな中庭があり外観と違って意外に明るい。古そうだけど落ち着いた雰囲気で、部屋は土間の台所以外に和室が二間あった。真由子はお土産に神戸の老舗の洋菓子店で買ったバウムクーヘンを差し出した。

「わあ、有難う！　あとで食べよう。うち、お正月だけど何もないの、ごめんね。でもお雑煮はあるよ」

「それで十分。そういえば私まだお雑煮食べてないな」

豪華なおせちは食べたけど……、何もかも冷たかった。葉子さんも母のようではなかった。父の雄弁さは真由子に気を遣っていたからではないか。真由子は自分がひねくれてしまったのかもしれないと思う。

真由子は果凛が用意してくれたお雑煮のお餅をどこまで伸ばせるか、笑ったりふざけあったりしながら、二人で懐かしい昔の時間を取り戻すかのように、白みそ仕立ての雑煮を食べた。

「ここ、静かでいいところね」

「うん、意外と気に入ってるの。卒業してもここにいるよ。また遊びに来てね」

「有難う」

「真由子、冬休みの間、北海道へ行っちゃえば？」

「えっ」

「そうそう、行っちゃえ！」

果凛は思わぬことを言う。考えてもいないことだった。

「案ずるより産むが易しっていうじゃない」

「私、心配してるように見える？」

「見える、見える。この前会った時より憂いを感じる、なんちゃって」

そうなんだ、寂しさは顔に出るんだ。真由子は果凛の人を見る目の鋭さのようなものを感じた。正月は家族で集うものだと以前は当たり前のように思っていた。それが無くなると寂しさは倍増する。特に一人ぼっちの正月は辛い。

そうして真由子は再び湊斗への思いを募らせるのだった。

（そうよね、彼が帰って来られないのなら、私が会いに行けばいいんだ）

真由子は果凛に触発されてその気になった。待つことがこんなに辛いなんて初めて知った。

翌日、旅支度もそこそこに北海道へ旅立った。予め知らせないでびっくりさせてやろうといたずらっ子にように思う。なんだかわくわくしてきた。

千歳空港に着いた時、予想通り雪一色の世界が広がっていた。観光客やスキー板を担いだ男性もいる。

真由子は空港内で先に果凛に電話する。彼女は真由子の行動力の早さに驚いていた。

「私が焚きつけたんだけど昔の真由子なら考えられない、恋をしたから大人になったのかな」と言う。

次に湊斗に電話したが何度かけても繋がらなかった。時間がもったいないと思い、前に届いた葉書の住所を頼りに出向くことにした。

荷物は最小限に抑えてきたが、着ているものの重さと足元の雪でなかなか足が先に進まなかった。ようやく電車とタクシーを使い何とか目的地に着いたものの、彼はいなかった。

住所は札幌の社員寮のようだ。社員寮なら帰省している人が多くて正月は誰もいなくて当たり前だろうと、妙に納得する。

来て良かったんだろうかと一瞬思ったがとにかく来てしまったのだ。しばらく佇んでいたが、人はいないし尋ねることもできない。しかたなく大通公園まで歩いた。あちこちに建設途中のビルや洒落た店舗がある。

雪に包まれたこの都会的な場所は、観光で来ていたのなら感動の美しさかもしれないが、真由子の心情は心細く何とも冷たく感じられた。

真由子はホテルを見つけて中に入る。ロビーで休憩しようと思った。ふらりと入っても誰も気にする人はいない。お茶が飲めそうな一角があるのでそこでミルクティーを頼み、置いてある新聞や雑誌を時間をかけて読んだ。

そろそろ暗くなってきた。真由子は小ぶりのボストンバッグを抱えて立ち上がる。

暖かな室内で目を覚ました。

ベッドから今にも転げ落ちてしまいそうな湊斗が隣にいる。真由子は寝ている湊斗の頬に触れた。湊斗は目を閉じたまま腕を伸ばして真由子を抱く。

「ほんまにびっくりやなあ、これは夢やろか」

「きっと夢よ」

真由子はくすくす笑う。

湊斗は実は明日帰る予定だったらしい。突然帰ってびっくりさせてやろうと思っていたのに、先手を取られたと言って悔しがった。危うくすれ違いになるところだったのだ。年末に湊斗が帰れなくなったのは、取引先に不祥事があってその後始末に手間取られていたからだという。

真由子は起きてカーテンを開けた。

窓から見える白銀の世界は、空が高く昨日とは違って見えた。木々の枝は雪女が広げた手足のようだ。庭も通路も足跡ひとつなく、生まれて間もない新雪を日の光が照らしている。


「早めに出かけよう」

外を見ている真由子に湊斗が声をかけた。それから二人は支度をして徒歩十五分ほどのホテルで朝食をとる。

「せっかく北海道に来たのに美味しいものもいい所も行けなくて残念だったわ」

「また来ればいい」

「そうね。北海道と言えば釧路に高校時代の友人がいるの」

「釧路に？」

「うん。その子学生運動してたの。あなたも知ってる人」

「えっ、誰？」

「早坂奏美さん」

「うーん、名前には……覚えがないなあ」

「なら、いいけど」

「あ、もしかして牧場で会った人かな。こっちで仕事の合間にいろんな所に行ったから、夏に釧路で乗馬体験をして知り合った人がいるよ。彼女、昔、僕の演説を聞いたって言ってたから。しかし真由子の友だちとは知らなかった」

湊斗の眉が少し曇ったのを真由子は見逃さなかった。

「世間は狭いね。お気をつけあそばせ」

真由子は湊斗を信じているけれど、多少の皮肉を込めて言う。

湊斗と一緒に神戸に帰った。大きさの違うお揃いの手袋をして。

翌日には湊斗の家族と会った。彼はその三日後にはまた北海道に発つ。

真由子は奏美に手紙を書いた。北海道に行ったこと。急だったので釧路まで行けなかったこと。行けなくて残念だったこと。奏美が湊斗の演説を聞いて学生運動に傾いていったと知ったこと。釧路で彼に会ったんだってねとも書き添えた。最後の行に湊斗と婚約したことも。

奏美からの返事はすぐに来た。便せんに〝婚約おめでとう〟の文字と共に写真が一枚添えられていた。湊斗がすました顔で馬に乗っている。馬の手綱は満面笑顔の奏美が握っていた。真由子は胸の中で「彼を取らないでね」と呟き、写真を封筒にしまった。

そして、さあ、勉強も頑張るぞと声に出して言い、青く澄んだ冬の空に向かって大きく背伸びをした。

母さんと佳純のオムライス

（一）美枝さん

「美枝さーん」

佳純《かすみ》は、土手から大きく手を振る。

「お帰りなさーい」

春の陽を背に、美枝さんは首にかけていた日本手拭いを畑の中からひらひらさせた。

美枝さんは父さんの恋人らしい。佳純が彼女のことを美枝さんと呼ぶのは、父さんがそう呼ぶからだ。

「宿題、まだでしょ？」

「うん、あとで。先にお手伝いするよ」

「じゃあ、この畝の雑草とってくれる？」

「はあーい」

佳純は溝にしゃがみ、草を摘む。美枝さんは野菜を育てている。

収穫したものは、農協で売ってもらうのだ。佳純はずっと気になっていたことを聞いた。

「美枝さん、どこで父さんと知り合ったの？」

「農協よ。野菜を棚に並べていたら、声をかけてきたの」

「ふうーん、なんて？」

「セリや野蒜を見て、これは雑草じゃないかと言うので、食べ方を教えてあげたのよ」

美枝さんは面白そうに笑った。

「それだけ？　好きだとか言わなかった？」

「こら、小学生がそんなこと聞かないの」

美枝さんは軽くぶつ真似をした。美枝さんは父さんより十歳位若い。父さんは四十歳だ。隣町の小さな運送会社で働いている。

美枝さんはいつのまにか、佳純父子との生活に溶けこんでいた。美枝さんが泊まっていくようになったのは、佳純が三年生になってからだから、もうすぐ一年だ。

一人っ子の佳純は、母さんがいなくなってからの寂しさが少し和らいだ。

母さんは二年前、貧乏と田舎暮らしが嫌になって、むかし住んでいた大阪で働くと言って出て行ったきりだった。


今から三ヵ月前の正月、佳純は父さんと美枝さんに連れられて、美枝さんの実家に行った。そこは雪深い山奥の一軒家で、美枝さんの両親は既に亡くなり、おばあさんが一人で住んでいた。佳純は外で小さな雪だるまを作って遊んだ。それを見てもらおうと玄関に入ったら、怒鳴り声がした。

「出ていけ、もう帰ってくるな」

佳純はびくっとして動けなくなった。

あの声は美枝さんでも父さんでもない、おばあさんだ。仕方なく、また、そろっと外に出た。しばらくしたら二人が家から出てきた。

「佳純、帰ろう」

父さんが言った。佳純は二人の間に入って手を繋いだ。美枝さんが「あぁ、冷たい」と言い、佳純の手にハアと息を吹きかけた。美枝さんは目が赤く、濡れたみたいになっていた。

その夜、二つの部屋を隔てている襖がガタンと揺れて、佳純は目が覚めた。それから、震えるような音が聞こえた。風の音かな、と耳を澄ましていると、ひそひそ声で、まるで内緒話のような父さんと美枝さんの声がした。

「手紙を書くよ」

「ええ」

「いつまでもこんな状態だと、二人とも裏切ってることになるから」

「有難う、でも無理しないでね。私は、いいの、このままでも」

「長く別居しているんだし、話し合えば分かってくれると思う。妻は良くも悪くも案外さっぱりしてるから」

「私、何だか怖い。罰が当たりそうで」

何を話しているんだろう、美枝さんは何を怖がっているんだろう。佳純は分かったような、そうではないような気がしたが、大事な話をしているんだということは理解できた。

静かになって、布か何かが擦れる音がした。襖がふるふると小さく揺れた。

あくる日も、又あくる日も、そのまた次の日も、佳純は、学校が終わると畑へ行き、美枝さんと一緒にいる。畑から帰ったら、学校の宿題をして夕食の手伝いをする。美枝さんの作る夕ご飯は美味しい。せりは豚肉としゃぶしゃぶにする。野蒜は竹輪や油揚げと一緒に酢味噌で和えて出てくる。美枝さんが来るまでは、父さんが作っていた。カレーと野菜炒めばかりだった。

夜、寝る時、美枝さんが本を読んでくれた。

「母を訪ねて三千里」。マルコがかわいそう。母さんはもうこの家に帰ってこないのかな。

佳純は、たまに本やお菓子を送ってくれる母さんに、急に会いたくなった。


「殺してやる！」

朝、佳純は大きな声で目が覚めた。家の中にはいっぱい人がいた。奥から声がする。

佳純は近所のおばさんに肩を抱かれた。

「大丈夫よ。じっとしていなさい」

隙間から覗くと、向こうの部屋に母さんがいた。手に包丁を持って叫んでいる。

「あの女に佳純はやらん」と。

父さんと母さんはつかみ合いの喧嘩をしている。挙句、包丁は父さんに取り上げられた。

母さんの泣く声が佳純の耳に響く。

その日から、美枝さんはいなくなった。

次の日。

「佳純は母さんと暮らす？　父さんと暮らす？」

母さんに聞かれ、佳純は返事ができなかった。何故だか分からないけど、美枝さんに謝らなくては、と思う。

ひと月後、佳純は両親に連れられて、都会の小学校に編入した。そして毎日まいにち、美枝さんが、畑で手拭いを振っている夢を見る。

(二) 母さんの店

「ただいま」

佳純はガラス戸を押して中に入った。

「お帰り。おなかすいたやろ」

母さんが言う。

学校が午前中の時は給食がない。佳純は、母さんが一人で田舎から出てきて始めた、この店で昼ご飯を食べる。店は昼間、喫茶店で夜は居酒屋さんだ。だから、午後六時を過ぎると母さんはお酒も出す。そして遅くまで働いている。

「父さんは？」

佳純は聞いた。

「仕事探しに行ってはるわ」

父さんは、毎日、仕事探しに出かけている。ひと月経っても仕事が決まらないらしい。

父さん、ほんとは都会に来たくなかったんじゃないかな、と佳純は思う。

母さんが田舎から佳純を連れて行こうとした時、父さんも佳純と別れたくないから、追っかけてきたのだと、母さんが言っていた。

「ほら、冷めんうちに早う食べ」

店のメニューにもある、母さんが作ってくれたオムライスを、佳純は、ほおばる。

「美味しい？」

母さんが聞いた。

「うん、ふわふわ。ここで宿題してもええ？」

「ええけど、静かにしときや」

「うん、わたし、大人しくしてる」

食べ終わると佳純はカウンターの端っこに行って、算数のドリルを開いた。

都会の学校の授業は田舎より難しい。でもここで勉強していると、時々、お客さんが教えてくれる。

「可愛い顔して寝とるなあ。ママにこんな子おったんや」

「私にそっくりやろ。学校変わって、いじめられへんか心配やったけど、うちの子、おぼこいから、わりと可愛がられてるみたい」

「よかったなあ。で、旦那さんも来たんやて？」

「そうやねん。私一人で育ててみせる言うたんやけど、来たわ。あはは」

「んでも、そこは夫婦や」

「兄さん、ひとりもんやのに、なんでそんなこと分かるん？」

母さんは誰と話しているんだろう。いつの間にか、うとうとしていた佳純は、ぼんやりと目を覚ました。

「あ、起きた？」

母さんと知らない男の人が、同時に言った。

「佳純。この人、店をリフォームしてくれた中山さん。ほんまは偉い人なんやで。挨拶しい」

佳純は、お兄さんみたいな中山さんに、ぺこんと頭を下げた。

一人、二人とお客が入ってきた。みんな、母さんが淹れたコーヒーを飲んでいる。

母さんは忙しそう。でも楽しそう。

母さんはこの店に人がいっぱい来るから、一人でも寂しくなかったんだな。でも父さんは寂しかったから、田舎で美枝さんと仲良くなったのかな。そして私もたぶん、母さんがいなくなって寂しかったのだ。

外が暗くなると、いつも父さんが迎えに来る。さっき父さんから電話があったみたいなのに、今日は、まだ来ない。

佳純は外に出てみた。

「一人で帰ったらあかんで。もう暗いから」

母さんが中から言う。

あかんって、母さんは、すっかりこっちの人になったみたい。発音も変。

夜になると、お酒を飲む人が増えた。

佳純はカウンターの中で、小さな椅子に座り、ビール瓶が入った木箱の上で、漫画を読みながら父さんを待った。

気づくと佳純は、中山さんにおんぶされていた。外は真っ暗だ。

「旦那さん、仕事見つかったん？」

「さっき電話かかってきたわ。警備会社やて。歓迎会で遅うなるらしい」

「ママ、あした休みやろ。佳純ちゃんも連れてどこか行かん？」

「うーん、旦那おるのにムリ。もう前のように好き勝手でけへん。あっ、ここでええわ。送ってくれて、ありがと」

佳純は寝たふりをしていたが大きな背中から降ろされて、母さんに抱きとめられた。

（三）目尻のホクロ

佳純は学校から帰ると、毎日、母さんの店へ行く。仕事を終えた父さんも、やってくる。休みの日以外は、ここで晩ご飯を食べて家に帰るのが習慣になっていた。

佳純は学校の宿題も店でする。

「父さん、これなんて読むん？」

「どれどれ、ああ、それは……」

「あんた、簡単に教えたらあかん。佳純、辞書ひきなさい」

母さんは矢のような速さで父さんに口止めした。この字を母さんに聞いた時、同じことを言われたのに、父さんの顔を見て佳純はとっさに聞いてしまったのだ。

父さんは優しいけど、母さんは、なかなか厳しい。佳純は傍らの辞書を開いた。

「え～っと、クロ、コ……ホクロ……」

ホクロって読むんだ。

佳純の左の目尻には小さな黒子がある。

田舎にいた時、目の近くにある黒子は泣きボクロだと、誰かに言われたことがある。

泣き虫ってことかな、そんなの嫌だな、と思っていたけど、漢字も嫌だ。クロイコなんて。

店に中山さんが入ってきた。

「あっ、どうも」と父さんが言い、母さんは、晴れやかな笑顔で「いらっしゃい」と言った。

母さんは、この店をオーナーがもう歳なので辞めると聞いた時、借金して買ったらしい。その時、元々この店のお客さんだった中山さんが、格安でリフォームしてくれたのだと、母さんは父さんに言っていた。

「借金返したら、みんなを呼ぶつもりやったのに、その前にあんたが浮気するとは。あの女、佳純まで手なずけてからに」

そう言って怒っているのを、昨夜、佳純は隣の部屋で耳にした。

佳純は、母さんも好きだけど、母さんが、あの女という美枝さんも好き。でも、それは言ってはいけないような気がした。

佳純は勉強を続ける。

辞書は面白い。佳純の知らないことが、たくさん詰まっている。今度は、きのう母さんが言っていた『浮気』を引いてみた。心が浮ついていること。多情。

ふうーん？　よく分からない。

父さんと中山さんはビールを飲み始めた。お客がビールを飲みだすと、佳純はカウンターの中で、佳純専用の低い椅子に座る。

母さんは、父さんと中山さんの相手をする間もなく、野菜を切ったり、フライパンで何かを炒めたりしている。いつの間にか増えた客から、次々に注文があって忙しそうだ。時々、ビールのお代わりを、二つしかないテーブル席へ中山さんが運んでいる。父さんも落ち着きなく、立ったり座ったりしている。

宿題を終えた佳純は、その様子をカウンターの中から面白そうに見ていた。

「波田さん、ママって逞しいですね」

ひと段落して、また飲み始めた中山さんが、父さんに言った。

「はあ」

父さんは無口だ。何と返事をしていいのか、分からないのかもしれない。

「ママは、うちの母とよく似てるんです。この店の開店直前に、急病で亡くなりましたが」

「それは……お気の毒です」

「それからは、ここで食事するようになって、ママにも、よくしてもらってます」

「こちらこそ世話になって」

「父は、女をつくって家を出てたんですが、知らせても葬式にも来てくれませんでした」

「はあ……」

「女が強いと、男は逃げるんですかね」

父さんは、びっくりした顔をして中山さんではなく、なぜか母さんを見た。

佳純の家の場合、逃げたのは母さんだと思っていた。でもここへ来て、そうじゃないと佳純は思うようになった。母さんは頑張っている。母さんは逞しいのか。中山さんの言う通りなら、次に逃げるのは父さんかもしれない。想像したら、なんだか悲しくなった。

佳純はガラスケースを鏡にして、自分の泣きボクロを見る。

薄暗くてよく見えなかった。

(四) 雪の夕べ

夕方から降り出した雪を、佳純は店の中からドア越しに眺めていた。お客さんは誰もいない。雪を見ていたら、佳純は田舎を思い出す。そこでは雪が降ると、美枝さんと雪合戦をしたり雪だるまを作ったり、空を見上げて雪のかけらを、大きく開けた口に入れたりして遊んだ。雪を触ってみたくなって、佳純はドアを開ける。

「寒いよ、外は」

母さんがテーブルを拭きながら言った。

「ちょっとだけ」

外は辺り一面うっすらと雪に覆われ、真っ白い布を被せたようだ。足跡ひとつない地面に、佳純は運動靴を履いた足をそっとのせてみる。次に左足をのせる。

一歩……二歩……三歩……。どんどん歩いて行った。振り返ると、踏んだ跡が波打って緩いＳの字になっている。

「佳純ちゃん」

　突然呼ばれて佳純は前を見た。

　街路樹の影から人影が現れた。

　人影は佳純の所まで近づいてくる。

「えっ、美枝さん？」

「佳純ちゃん、久しぶり。元気そうね」

　美枝さんは佳純の手を取り、それから肩を抱いた。

「会いたかったわ」

「ほんとに美枝さんだ。大阪にいるの？」

「用事があったから出てきたの。ここに来たら、とても佳純ちゃんに会いたくなって。ごめんね、びっくりした？」

「うん。でも嬉しい」

「ほんとに会えるとは思わなかったわ。寒いね、雪が肩にかかっているわ」

　美枝さんは佳純のセーターの雪を払った。

「お父さんに会った？」

「ううん。佳純ちゃんに会えたから、いいの」

「ずっと大阪にいる？」

「もう帰るわ。ここで会ったこと、誰にも内緒よ。お勉強頑張ってね」

「また会える？」

「一人でどこでも行けるようになったら遊びにいらっしゃい」

うん、と言った時、後ろから佳純を呼ぶ母さんの声がした。

「じゃあ……」

美枝さんは帰ろうとしたけれど、次の母さんの声で棒立ちになった。

「誰？　佳純、誰とおるん？」

母さんが駆けてくる。美枝さんは地面に足を張り付けたみたいになっている。二人の元に来た母さんは佳純の手をとって引き寄せた。母さんが美枝さんを見て言う。

「あんた、誰？」

「……あのう、すみません。道を聞こうと」

「どこへ行くつもり？」

「えっと、バス停は？」

「あっち」

「有難うございます」

ぶっきらぼうに教えた母さんに、美枝さんは丁寧に頭を下げた。それから佳純に背を向け、雪道をさくさく歩き出した。後ろ姿を見ていると、佳純はもう二度と美枝さんに会えないような気がして思わず叫んだ。

「さよなら」

美枝さんは振り向いて、軽く頭を下げた。

「ちょっと待ち」

母さんが呼び、握った手に力が入った。

「あんた、うちの人に会いに来たんか」

「えっ」

「それとも佳純に？」

「そんな……」

「言っとくけど、うちの人はもうおらん。死んだんや」

佳純はぎょっとして母さんを見た。

父さんは死んでなんかいない。

「そやから、もう二度とここに来んといて」

美枝さんはしばらく立ち尽くしていた。母さんは美枝さんを睨みつけている。

「失礼ですが、何か勘違いしておられませんか。私はこの地の人間ではありませんが、あなた方とは何のかかわりもございません。では、ごめんください」

美枝さんはそう言うと、背筋を伸ばして歩き出した。母さんは美枝さんの後ろ姿をしばらく見ていた。

「佳純、中へ入ろう。知らん人と話したらあかんで」

佳純は涙をぐっとこらえて足元に目を落とす。母さんが佳純の手を離した。顔を上げると、母さんは自分の目頭を押さえていた。

なんだか……胸が苦しい。けれど、佳純は母さんと一緒に白い雪の中から、淡いオレンジ色の店の中に黙って入った。

(五) 大人の入り口

「僕は強い女性も、ええなと思うよ。元気でいられるし。佳純ちゃんのママは魅力的や。だけど時々寂しそうやった」

中山さんはそう言った。それで、たまにボウリングに誘ったり、花見に連れだしたりしてくれたらしい。中山さんは優しいんだな、と佳純は思う。

佳純は中学生になった。背丈も一気に七センチも伸びた。

田舎と都会の学力の差があるからと、夏休みに、母さんが中山さんに佳純の家庭教師を頼んだので、日曜日になると昼から中山さんは佳純の家に来る。勉強の合間に、中山さんはいろんな話をしてくれるのだ。

中山さんは、新聞配達をしながら、大学の建築科を三年前に卒業して、設計師として働き、今は会社の寮に一人で住んでいるらしい。

「佳純ちゃん、好きな学科は何?」

中山さんに聞かれて、佳純は首を捻った。

英語だけは、皆と同じスタートラインに立っているので、頑張れそう。だから、胸を張って言った。「英語」って。

「外国語が話せると、世界が広がるよ」

外国かあ、と佳純は思う。田舎からここへ来た時も、外国へ来たような気がしていた。みんなが自分より、うんと大人みたいだった。学校帰りに、柔らかな関西弁でクラスメートが言う「さいなら」の発音が、日本語ではないようだった。

母さんが、お茶を持って佳純の部屋に入ってきた。

佳純の部屋といっても、この家は二部屋しかない。両親と佳純の部屋だけ。それに食事も出来る小さな台所がある。

仕事が休みの父さんは、新聞を読んでいた。

「お疲れさん。兄さん、晩ご飯、食べてって」

母さんは、家でも店でも、人にご飯を食べさせるのが好きみたい。

「はい、ご馳走になります」

中山さんは、父さんがいる時は、丁寧な言葉遣いになる。

「佳純の勉強は、どうですか?」

父さんは中山さんに尋ねた。

「理解がよく、成長も早いですね」

「まだまだ子供です」

父さんはそう言ったけど、佳純はもう子供じゃないと、この前、母さんに言われた。初潮があったからだ。胸も一気に大きくなった。ブラウスがぱんぱんになって、それが少し気になっている。母さんには「大人の入り口に立ったんよ」とも言われた。

食事が終わってしばらくすると、中山さんは帰る。

佳純は一緒に家を出て、途中まで中山さんに付いていく。

外は暗くなっていて、見上げると無数の星がきらめいていた。電信柱の裸電球が灯り、長い影と短い影が二人を照らしている。夏の夜のわずかな時間。今、二人っきりだと思うと、佳純は何だかどきどきした。

中山さんは、歩きながら昔の話をする。

「佳純ちゃんが田舎におった時、ママは、よく佳純ちゃんの話をしたよ。気になってしょうがないみたいやった」

「どんな話？」

「連れてこなかったので怒ってないかとか。酔っ払って泣いてた時もあったなあ」

「ふーん」

「たまらんようになって、夜遅くに急に田舎に帰ったんやね」

あの日のことは、佳純も覚えている。

包丁を振り回して取り乱していた母さん。

父さんも母さんも私も、そして美枝さんにも不幸な日だった。でも今は、みんなのことが少しは分かるような気がする。なぜって、佳純は中山さんを想うようになったからだ。なぜ中山さんは母さんに親切なの？　恋人はいる？　こんなことを考えるのは不思議だ。これも母さんが言う大人の入り口に立ったからだろうか。

思い切って佳純は聞いた。

「中山さん、私のお母さん好き？」

「おお！　何を言うかと思ったら、好きだよ」

「私も？」

「もちろん」

「女性として？」

「大人になったら考えようか」

「そんなの、つまんない」

そう言って佳純は駆け出した。

「先生、さようなら～」

佳純は、中山さんのことを先生と呼んでみた。

（六）お嫁さん

深夜、佳純は隣の部屋の話し声で目が覚めた。

父さんの声がする。

「中山さん、いつか佳純を嫁に貰ってくれないかな」

「なに言うてんの。佳純はまだ子供や」

「先の話だ。いい人じゃないか」

「ええ人や、けど歳も違い過ぎるわ」

佳純の胸は早打ち、そのあと、なかなか寝付けなかった。

佳純は、春から市内の公立高校に通う。

入学式が始まる前に、中山先生の絵のモデルになる約束をしていた。昔、先生は絵描きになりたかったらしい。

土曜日のお昼過ぎ、先生は画材を持って来る。土曜日は父さんがいる時もあるけれど、今日はいない。母さんは店に出ている。

佳純は部屋を片付けたり、髪を整えたりした。母さんの化粧台に座って、こっそり口紅も塗ってみた。絵の具のような匂いがする。

「こんにちは」

玄関で声がした。佳純は慌てて口紅をティシュペーパーで拭う。

中に入ると、先生はさっそく準備をして、いつものように佳純を台所の丸椅子に座らせた。正面よりやや右向きなので、目尻のホクロが見える。佳純は嫌だと言ったが、先生はそれが佳純の個性だと言う。

「可愛いんやから」と言われて、だんだん嫌ではなくなった。

絵は一時間半で、三回目の今日、完成した。

「こっちへ来てごらん」

先生に言われて、佳純は絵の前に立ち、描かれた自分に向き合った。ホクロがしっかり描かれている。笑ってはいないのに、笑っているように見える。

急に、佳純の心臓が波打った。後ろから、重みのある先生の手が、両肩に乗ったからだ。

「どう？　気に入った？」

佳純の気も知らず、先生が聞く。

「……本物より、いいみたい」

あはは、と先生が笑った。

佳純は最近、毎日哀しい。

五月になると、先生が建築の勉強のために外国に行ってしまうからだ。この絵はニューヨークに持っていくらしい。

先生はさっさと画材を片付け、キャンバスを抱えて帰っていった。

先生は今日も、晩ご飯を食べに母さんの店に行くはずだ。もう家族の一員のようなので、もうすぐいなくなるなんて信じられない。

佳純も暗くなる前に店に行き、先生はまだかなあと思いながら、晩ご飯を食べた。先生は、佳純が食事を済ませる頃にやってきた。

「寂しなるわあ」

母さんは中山さんに何度も言う。私も寂しい、と佳純は言いたかった。

母さんが田舎から出ていった時も寂しかった。美枝さんがいなくなった時も寂しかった。でも今、この寂しさは以前とは少し違う。寂しさに辛さがミックスされている。

父さんがなかなか帰ってこないので、先生が佳純を家まで送ってくれることになった。

佳純は、夜道を無言で歩く。

小学生の時、先生におんぶされて、同じ道を歩いたことを思い出した。

佳純は先生の腕に自分の腕を絡ませる。見ると、先生は佳純を見て、にこにこしていた。

佳純は家が見える角まで来ると腕を解き、走りながら叫んだ。

「先生、ニューヨークなんかに行ってはだめ！」

玄関前で佳純は振り返った。

先生が困った顔をして見ている。

「シーユーアゲイン」

声が返ってきた。

シーユーというのは永遠の別れを意味しないらしい。だから、きっと、また会えるのだ、と佳純は思う。

五月の連休の初め、アメリカに旅立つ前の早朝、先生は佳純の家に挨拶に来た。

佳純は自分の部屋から出なかった。先生のお嫁さんになんかなれっこない。そう胸の裡で叫ぶと、声がもれないよう、布団の中で枕に顔を埋めて泣いた。

（七）彼岸の中日

秋彼岸に、佳純は父と一緒に田舎に帰り、祖父母の墓参りをした。

墓地を出ると、土と樹木の香りが混じる空気が、一面に充満していた。

何もかもが懐かしい。山はあんなに近かったっけ。柿の木もずいぶん大きくなった。

佳純は懐かしさで胸がいっぱいになった。

「美枝さん、どうしてるかなあ」

佳純が言うと、父が農協にいるかもしれないと言って、墓参りの後ここに来たのだ。

でも美枝さんはあんなに小柄だったの？　美枝さんは六歳くらいの男の子を連れていた。

「佳純ちゃん、大きくなったね。それに綺麗になったわ」

「高校生になったの。この子、美枝さんの子？」

「そうよ、里音《りお》って言うの。よろしくね」

男の子はむきたて卵のように、今にも湯気が立ちそうな顔をしている。

佳純が微笑むと、恥ずかしそうに美枝さんの後ろに半分隠れた。

父は、男の子をじっと見つめたあと、美枝さんに頭を下げた。

「お久しぶりです。お元気でしたか。その節は、ほんとうに申し訳ないことをしました」

「昔のことです。何も言わないで下さい」

「お子さんがいるんですね。ご結婚を……」

「ええ。でも、もう父親は亡くなりました。この子の顔を見る前に」

「そうでしたか」

「けれども、私に宝物を残してくれましたので、とても感謝しています」

美枝さんは痩せた手で、里音君の肩を抱く。その手は粉が拭いて荒れていた。

二人が話しているので、佳純は里音君に声をかけた。

「お姉さんと一緒に、あの柿の木に登ろうか」

彼の目はとたんに輝き、農協の前の畦道を素早く駆けていった。

田畑の隅で四方八方に枝を張った柿の木が、この広い田園を見張るように立っている。

彼はいちばん低い枝に飛びついて座ると、ブランコをこぐように足を揺らした。

「僕、もっと上まで登れるよ」

言ったかと思うと、一気に次の枝に移った。

「わあ、凄い。お姉さん、大きくなったから、やっぱり登れないわ」

「ひいばあちゃん、死んだ」

急に話を変えたので佳純は驚いた。

ひいばあちゃんというのは、佳純には怖いイメージしかない、美枝さんのおばあさんに違いない。冷たい雪降る、あの日、おばあさんは粗末な家の中から大きな声で怒鳴っていた。

「里音、降りて来なさーい」

美枝さんが彼を呼んだ。

父と美枝さんが、寄り添ってこちらを見ている。昔、ここではよく目にした光景だ。

あの頃、佳純はほんとに子供だった。大人の世界を何も知らずに、無邪気に過ごしていた。二人は当時、どんな思いでいたのだろう。

佳純は中山さんを想い出す。一方的な淡い初恋……。それが破れ、辛さが心に刺さっていた。美枝さんも辛かったんだろうな、と思う。父が悪かったのかもしれない。でも、恋する心は、たぶん、常識も理屈も超えるのだ。

この夏に、中山さんは近況を知らせるエアメールを、母宛てに送ってきた。あとでこっそり見ると、佳純のことは一行も書かれていなかった。もう私のことは忘れたのだ。あの絵も、埃をかぶっているに違いない。

佳純は、柿の木から飛び降りた里音君と手を繋ぎ、農協の入り口に向かう。こうして歩いていると、彼が弟のように思える。

「佳純ちゃん、これプレゼント」

別れ際に、美枝さんの首から佳純の首に、ナンキンハゼのペンダントがかけられた。


帰りの電車の中で、佳純は呟く。

「あの子、可愛かったね。私の弟だったらいいのに」

言ってから、佳純はハッとした。もしかしたら……。

隣を見ると、父は車窓から外の風景を見ている。佳純も、陽が沈んでいく様を眺めた。

よく晴れた彼岸の中日が終わった、と思った。

（八）ペンダントの秘密

「それ、どうしたん?」

田舎から帰った翌朝、佳純の胸元で揺れている、ナンキンハゼのペンダントを指して、
母が聞いた。

「これは……」

佳純は言葉に詰まり、つかの間、沈黙する。

「どうしたんか聞いてんの。聞こえんかった?」

「父さんが……買ってくれた」

佳純はようやく答える。

しばらく黙って見ていた母は、佳純の胸元に手を伸ばし、ペンダントをつまんだ。それからハゼの実を飛ばすように、それを爪で弾いた。

母は何か感じたかもしれない。

どうしよう！

父に言っておかなければ、と気持ちが焦った。早く帰ってきて、父さん。早朝から仕事に出た父に、佳純は心の中で叫ぶ。

しばらく考え事をしていた様子の母は、ものも言わずに家を出ていった。

佳純は母に無視されたような気がして、その日は学校から帰っても、店に行けなかった。

お腹が空いたので、お小遣いであんぱんを買い、半分食べたところで胸が苦しくなった。

午後十時を過ぎても両親はまだ帰ってこない。店はもう終わっているはずだと思い、意を決して店に行ってみた。

灯りの点いた店内は、外の暗がりからよく見える。お客さんは誰もいない。

「ああ、また裏切られた。あんたがあんなもの買ってやるはずがない」

母の声がした。

「私が買ったんだ。何を勘違いしてる！」

「あんたには前科がある」

「何も悪いことはしていない。それよりお前はどうなんだ。あの若い男とは何もなかったのか」

佳純は絶句した。思いもしない父の言葉だ。

「ようそんなこと言うわ。中山さんは紳士や。あんたとは違う」

「一皮むけば男はみんな同じだ」

「もうええ。どうでもええ。あんたは出ていって。ここは私の店や」

そう言いながら母は、そこにあったプラスチックのメニュー札を父に投げつけた。おしぼりも投げた。それからガラス製の砂糖壺も投げる。壺は大きな音を立てて床に落ち、一部が父の顔に当たった。

「やめて！」

佳純はとっさにドアを開けて叫んだ。

父は驚いた顔をして佳純を見、母は放心したように立ち尽くした。

「佳純、あんたは父さんと暮らしなさい。田舎でもどこでも行き」

「馬鹿なことを言うんじゃない！」

父が怒鳴った。父のあんなに大きな声を、佳純は初めて聞いた。

母は恐ろしい形相で父を睨み、涙目で佳純に目を移した。

「佳純、大丈夫だ。もう帰ろう」

泣きそうだった佳純は、父に言われて母から目をそらし、父と一緒に家に帰った。

それっきりだ。

一週間経っても、母は家に帰ってこない。父は、店が開いてるから大丈夫だと言うけれど、佳純は気になってなかなか寝付けなかった。

それにしても、佳純がしていたペンダントが、とんでもないことになり、佳純の胸は激しく痛んだ。母は父と美枝さんが再会して、よりを戻したと思ったのだろうか。別れてもう何年も経っているというのに。時々、昔のことで喧嘩していたのは、まだ父を許していなかったということなんだ、と佳純は改めて思う。


朝になると、佳純は仕事に行く父と一緒に家を出る。

右手の人差指と親指で、上瞼と下瞼を押し上げながら、腫れた目を開き、学校へ行く。

美枝さんから貰った、乳白色のペンダントは、机の引き出し奥深くにしまった。

それでも夜になると、それを出しては眺める。これが、母を悲しませたのだと思うと、佳純はやっぱり辛かった。

（九）家族

母はまだ帰ってこない。

佳純は勉強机に頬杖をつき、その前の小さな窓から星空を眺める。

外は木の葉が揺れて十一月終わりの風が吹いている。

佳純の心は揺れ動いていた。中山さんと母は何かあったんだろうか。父は二人の事を本当に疑っているんだろうか。もし疑われるようなことがあったのなら、私たちの前で、母は普通の態度でいられるはずがない。中山さんもそんな軽薄な人じゃない！　佳純は激しく頭を振って、浮かんだ思いを打ち消した。

母に責められたから、父は苦し紛れに疑いの言葉を吐いたのだ。佳純は冷静になって、そう考えた。そして、もしかしたら母は店には居ないのではないかと、ふと思う。

父が寝たのを見て、佳純は足音を忍ばせ家を出た。

店は閉まっている。中に居るのかどうか分からない。しばらく立ち尽くしていた。

ここに居ないかもしれないという不安を抱えながら裏に回った。すると、トイレの小さな窓から灯りが見えた。

あぁ、居たんだ。たった一人で朝も昼も夜も。そう思ったら、急に母がいとおしくなった。

ぎ～という音がして、裏口から母が出てきた。手にゴミ袋を持っている。

「母さん！」

母はたいして驚きもせず、佳純を見つめた。

「何しに来たん」

「何しにって……家に帰ってきて」

「あら、佳純はあの女の方がええんやと思ってたわ。なんで田舎に行かん？」

「そんな言い方しないで」

「あんたは父さんの味方やろ」

「そんな……母さんだって悪いんじゃないの。父さんをほったらかしにしてたんだから」

「口だけ一人前になって！」

「私は……私は……父さんと母さん、ただ仲良くしてほしいだけ。家族みんなで暮らしたいだけ！」

どっと涙があふれた。

佳純は感情を抑えきれず、その場から逃げるように走った。ただひたすら走った。

「佳純！」

走る先に父がいて呼び止められた。

「こんな夜遅く、一人で出ていったら危ないだろう」

「父さん……」

「母さんは大丈夫だよ。そのうち帰ってくるから」

何の根拠があって言うんだろう、と佳純は思ったが、父の顔を見て少しだけ落ち着いた。

あくる日、学校に行くふりをして佳純は家を出た。以前、父から貰った本代の五千円札と、残りの小遣いをポケットの中で握りしめながら駅に向かい、電車に乗った。

車窓から流れてゆく景色を眺めていると、田舎で過ごした子ども時代を思い出した。

いつの間にか都会のビル群は消え、山や田園が目の前に拡がっている。二回乗り換え、二時間足らずで懐かしい町へ着いた。無性に美枝さんに会いたかった。

駅からゆっくり歩いて農協に行くと、やはり美枝さんはいた。一人だった。

「お父さんに言って出てきたの？」

佳純は美枝さんに聞かれた。

「言ってない、誰にも。帰りたくないの。美枝さん、今日泊めて」

言ったとたん、美枝さんの手が佳純の頰を打った。

「帰りなさい、今すぐ……。お父さんに心配かけては駄目！」

強い口調だった。初めてだ。美枝さんに怒られたのは。まして叩かれるなんて。

「私も里音が生まれてから、よく分かったの。親には我が子以上の宝物はないって。だから佳純ちゃんのこと、凄く心配してるよ」

「美枝さん、今、幸せ？」

「ええ、少なくとも不幸じゃないわ」

「私は一人ぽっち。兄弟もいないし」

「なに言ってるの。お父さんもお母さんもいるじゃない。それに里音がいるわ」

「えっ」

「大人になったら、里音を頼ってらっしゃい。男の子だから強い子に育てておくわ」

「美枝さん、里音君は……」

「弟……のように思ってね」

「私、里音君が大きくなったら、お姉さんになってあげる」

「ほんとね、里音の方が佳純ちゃんを頼るかしら。あ、お昼、食べて行きなさい。美味しいもの作るわ」

佳純は、仕事を切り上げた美枝さんに付いていった。驚いたことに、そこは、以前に住んでいた佳純たちの家だった。

「美枝さん、ここに住んでるの？」

「そうなの。しばらくは実家でおばあさんと一緒だったんだけど、おばあさんが亡くなってからはここよ。大家さんに家が傷むから住んでほしいと言われて」

「いろいろ思い出して嫌じゃなかった？」

「どうして？　いい思い出ばかりよ」

佳純は、美枝さんは凄いなあと思う。なんて前向きなんだろう。誰でも美枝さんを好きになるに違いない。だから父だって……。

佳純は家の中を歩き回った。

土間の前のガラス戸、小さな床の間の傷だらけの柱、黄ばんだ畳。それらを撫でる。

古びたあれこれは、年月の流れが刻まれているようだ。そして、ここで過ごした時間は、家族と、疑似家族の二つ……。

佳純にとってはどっちも本当で、どっちも決して不幸ではなかった。

美枝さんが作ってくれたお昼ご飯は、新鮮な野菜たっぷりの、けんちん汁だった。

午後三時を過ぎたころ、里音君が学校から帰ってきた。里音君は佳純を見ると、この前と同じように恥ずかしそうな顔をした。そして美枝さんに促されて「こんにちは」と言った。里音君は一年生だと言う。

昔、美枝さんが佳純にしてくれたように、里音君に絵本を読んでやったり、庭に出てキャッチボールをして遊んだあと、佳純は家路についた。


すっかり暗くなって家に帰ると、玄関前で父と母が揃って立っていた。母は何も言わずに、ただ佳純を抱きしめてくれた。

佳純は、母が父を許すか、それとも嫌なことは忘れるかして楽になってほしいと願う。人って、嫉妬や憎しみだけで出来ているのではないはずだ。真実の愛とか、寛容とか、そんなものも身体の中には漂っているに違いない。

それに母はまだ父を愛している。佳純は何となくそう感じた。

「こんなに冷たなって。早う、お風呂に入り」

母が佳純の背中を撫でながら言った。

「母さん、もうどこにも行かないでね」

佳純が言うと、母はふっと笑った。

母が作ったオムライスを食べ終えると、お風呂に入った。それから暖かい布団にもぐって静かに目を閉じる。

目の奥に、はにかむ里音君の笑顔が浮かんだ。

（十）オムライス

穏やかに時は過ぎて、佳純はもう三十歳。

新婚一年目の春だけど子どもはまだいない。

佳純はデスクの上でキーボードを叩く。今日は仕事がはかどった。

「そろそろ時間やで」

「はい、もう終わります」

窓際席の石田所長に佳純は返事をする。

税理士資格試験は必須科目の簿記論に昨年、合格した。高校を卒業する時、女も働く時代だと母に言われ専門学校に通った。卒業後、この事務所で働きながら勉強している。

一年に一科目合格すればいいのだ。

あと四科目。自分に言い聞かせながら、佳純は事務所を後にした。

佳純は一駅電車に乗って母の店に立ち寄る。

「ただいま、母さん」

「あ、佳純、おかえり」

両親はもう六十近い。母は今も店に出ている。父は同じ職場で、今は現場には出ず事務職をしている。

「今日、中山さんは？」。母が聞いた。

「遅くなるって」

「じゃあ、ここで食べて帰る？」

「うん。オムライスがいいな」

「またオムライス」と言って母は笑う。

佳純はいつのまにか、母の作るオムライスのファンになっていた。好物は何かと聞かれれば、必ずオムライスと答えてしまう。

佳純も中山先生にオムライスを作るけれど、母のようにはいかない。いつも六十点！と言われる。母が作るオムライスは、チキンライスに包む半熟卵が絶妙なのだ。

中山先生にはオムライスに特別の思いがあるらしい。母親が亡くなって哀しみに暮れていた時、あの店で食べたオムライスが自分の母親と同じ味がしたという。それが喪失の心を癒してくれたのだと。

「ごちそうさま」

食事を終えると、佳純はもう一駅分電車に乗って家路についた。

オートロックを解除し、エントラスからエレベーターに乗り、十階建てマンションの五階のボタンを押す。

玄関を開けると、すぐ目に付くところに、もうすぐ高校生になる佳純がいる。昔、先生と呼んでいたころの中山先生が描いてくれたものだ。その絵はニューヨークを旅して帰ってきた。絵と再会した時、先生は、佳純ちゃんを忘れないために持って行ったんだよと言った。だから、その絵は佳純の大事な宝物だ。

佳純は、今でも時々、夫を先生と呼んでしまう。結婚したんだからその呼び名はおかしいと言われるけれど、恥ずかしくてなかなか『あなた』とは言えない。子どもが出来たらパパと呼ぶのかな、と思ってクスッと笑う。

バッグの中でスマホが鳴っていた。

先生からだ。

「もうちょっと遅くなるから先に休んで」

「分かった」と言ってから、ふと思ったことが口をついて出た。

「ねえ、ニューヨークにいた時、どうして私に一度も手紙を書いてくれなかったの？」

「佳純はまだ子どもだと思ったからさ」

中山先生は佳純の夫になった。久しぶりに会った時、彼は十キロも太っていたけれど、アメリカでハンバーグを食べ過ぎたとしても、先生の優しさは変わらなかった。

テーブルに置いたスマホから峠の我が家のメロディが鳴っている。佳純は画面を見る。

「あした、正午過ぎにメールします」

「気をつけてね。待ってまーす」

返信メールの相手は里音君。彼は今、大学生だ。就職説明会で大阪に来るので、昼休みにランチの約束をしている。

二年前、里音君は佳純の目の前に突然現れた。初めは誰だか分らなかった。話を聞いて彼だと分かった時の驚きと戸惑い、そして喜び！　しかし、彼は美枝さんの死の知らせを持ってきたのだ。亡くなってから見つけた遺書で、里音君は佳純という異母姉妹がいることを知らされたのだった。美枝さんは乳がんを患っていたらしい。

美枝さんの死は哀しかったが、佳純は弟がいて嬉しかった。でも、このことを先生にだけ言い、母にはもちろん、父にも知らせなかった。それは、複雑な大人の世界で育った、佳純なりの知恵かもしれない。


入浴を済ませ、今年八月の受験科目「所得税法」のテキストを開いた。

気づくと午前零時になっている。

先生が帰ってきた。

「まだ、起きてたんだ」

「勉強してた。もうおしまい。何か食べる？」

「実は小腹が空いてるんだなあ」

「じゃあ、ちょっとだけ用意する」

佳純は、これ以上太らせたくないという思いと、遅くまで働いていた彼への労いがあって、つい言ってしまう。そしてキッチンに立った。

夜食が出来るより早く、彼は烏の行水のごとく風呂からあがった。

ベランダの前で、まだ濡れている髪を拭いている。

「今日も摩天楼が見える」

彼はひと駅先の高層ビルを見ていた。先生が摩天楼だというビルの頂上は、夜間に飛ぶ飛行機除けの点滅する赤い灯が、毎夜、灯っている。ちらほらと各階の窓にも灯りがある。その近くには、風がないのか、夜だというのに工場の煙がまっすぐ昇っている。

名前は知らないけれど、どこまでも澄み切った空に星がきれい。佳純は星たちがキラキラと天から降ってきたら素敵だな、それをひとつ捕まえてペンダントに出来たらいいのに、と子どもの頃のように思う。

佳純もここからの眺めが大好きだ。先生は、佳純が五科目合格したら、本物の摩天楼を見にニューヨークに連れて行ってあげる、という約束をしてくれている。

「はい、出来たよ、ミニオムライス。これで我慢してね、夜遅いから」

母さんにはかなわないけど、佳純はオムライスで時々遊ぶのだ。チキンライスで、小さな人形のように手足や胴体、頭を作り、のりをキッチンバサミでカットして髪と目を作り、口はケチャップで笑っているように描く。ついでに、爪楊枝で黒ゴマを一粒、ホクロのように目尻に付ける。これが佳純の印なのだ。最後に、薄焼き卵を四つ折りにして、ライス人形にタオルケットを被せるよう覆った。

「おう、今日は見た目で九十点！　どこから食べようかな、食べるのがもったいないな」

そう言いながら、夫は大きな手でスプーンを握る。

「あっ、ちょっと待って」

佳純はオムライスにスマホをかざし、写真を撮った。

バトル

(1)　書き置き

六十代後半の絹子は、七十代半ばの夫、充と二人暮らしである。二十代で一緒になってから二人して数えきれないほどの春夏秋冬を過ごしてきた。

熟年夫婦となっての生活は何一つ代わり映えなく、毎日が退屈の山となって積み重なっていく。近頃は夫婦とも日がな一日、読書にふけっている。絹子は時代小説を読まない。うっとうしいと思うのは、夫が読んだ本についてうんちくを垂れることである。絹子が好きなものはミステリーである。頭も使うし、プラス、恋愛の要素があれば多少心拍数も上がり若返る……ような気がする。

絹子はいつのまにか夜型人間になった。歳のせいかと思う。最近は午前零時までベッドに入ることはない。二年くらい前から寝付きが悪くなった。今日も日付が変わってから既に一時間経つ。体の向きを何度も変え、悶々としながらじっと目を閉じた。

何故寝られないのだろうと考える。昼間、特に変わった事は起こらなかった。来客もなかったし、午前中は三時間、通常通りパートに行った。それはちょうどいい運動にもなっているはずだ。午後六時半には夫と夕食をとり、片付けが終わるとテレビを観て過ごした。夫は八時に風呂に入り九時過ぎにはもう寝ている。絹子は十時ごろに風呂に入った。判で押したような毎日だ。

還暦を迎えてから、絹子は二階から下に下り夫とは寝室を別にした。いびきがうるさいのが主な理由ではあったが、一日が終わったあとの夜の時間は、やっと取れた自分だけの自由なひとときであり、誰にも邪魔されずゆっくり過ごせる貴重な時間なのだ。さっさと寝てしまうなんてもったいない。だからといって特別なことをするわけではない。本を読み一人暮らしの友人と電話でたわいもないおしゃべりをするだけである。学生時代からの友人である貴美子はとうとう独身を通した。もう一人の友人、美津は四十代で夫を亡くし子どもたちは社会人になってから家を出ている。それから一人暮らしは長い。二年前に夫を亡くした加代は最近やたらと元気である。

絹子の周りには一人暮らしの熟女が多い。彼女らは遊ばな損とばかり、やれカルチャースクールだ、やれグルメだと言っては出かけている。たまに絹子も付き合うが、みんなは夕方になっても少しも慌てない。そのあとの喫茶店でもなかなか腰を上げないので先に帰ることもある。絹子以外はどうせ帰っても誰もいないので、いくらでも時間があるのだ。一人分の夕食は巻き寿司一本、デパ地下で買って帰れば済むのである。絹子は充が待っているので夕食までには帰らなければならない。一人暮らしだったら何時に帰ろうと、何をしようと誰にも文句は言われないから、ストレスもないだろう。いいなあと、なんだかこの頃羨ましくてしょうがない。

絹子のストレスは数えたらキリがない。夫の風呂の入り方、トイレの使い方、洗面所にはあちこちに水滴がつき、鏡には歯磨き粉が飛び散っている。ズボンを洗濯物に出すとき、片足は必ず裏返しになっている。ファスナーを閉めてと言っているのに、いつも開けっ放し。そのまま洗濯機に入れたらファスナーのギザギザがタオルや他の衣類に絡まって傷むからやめてと言うのに、聞いてくれるのはその時だけである。おまけに、ポケットには使った後のティッシュが入っていたりする。それらを一々チェックして洗濯機に入れるのは毎日の事でもあり面倒だ。ちょっと協力してくれれば助かるのにと思う。

いつだったか、朝刊に載っていた記事の一部を指さして夫が「これ、うちのことや」と言ったことがある。絹子が読んでみると『何かとうるさい上司、何かと問題を起こす部下』とあった。我が家の場合、上司が絹子で部下が夫のことらしい。よく言うよ、分かっているんだったら何とかしてと言いたいのをこらえて、絹子はフンと鼻をならした。

また退職してからは、常時、家にいるので以前のように友人も呼べない。一人だったら自分だけのために時間が使える。一人だったら気兼ねなく友人を招いて、気にせずおしゃべりができる。一人だったら疲れている時、食事も簡単に済ませられる。

一人だったら……。そんなことを言うと死んでほしいみたいなので、もちろん夫には言えない。時々たまらなく、また、わけもなくイライラするのは、常日頃、自分を抑えているからだ。絶対そうだ！

寝られないと、いろんなことが頭に浮かんできて、ますます寝られなくなった。

そうだ、明日のことを考えよう。絹子は夕食の時の夫の話を思い出す。

「明日は天気がいいのに遠距離ばかりで行くところがない」と確かに言っていた。

彼の趣味はウォーキングである。週に一度はＪＲのウォーキングツアーに出かけている。足だけは達者だったが、さすがに七十を超えると一度に歩く距離は十キロが限度らしい。

そうか、明日は一日中、家にいるのかと絹子はがっかりした。

夫のいないときには必ず彼の部屋を隅々まで掃除する。散らかっている机の上を整理し、拭き掃除もして布団を干し、カバーを替えてと、忙しい。

絹子は、いま何時だろうと思い枕元の電気をつけて時計を見た。針は午前二時を指している。どうせ寝られないなら本でも読んでいたら良かったと思う。もうしかたがない、今日は睡眠導入剤を飲んで寝ようと起き上がった。台所に行き冷蔵庫の中の水出し緑茶を一口飲んだ後、導入剤をひと粒、口に入れ、さらに水を飲んだ。


気づくと、カーテン越しに朝日が窓を照らし部屋が明るくなっていた。時計を見るともうすぐ午前八時。夫はもう出かけていた。早寝早起きだから、とっくに起きて、いつものように朝のウォーキングに行ったのだろう。

朝食は勝手に食べることになっていた。トマトジュースを温めてフルーツを二種類、チーズとヨーグルトにコーヒーと食パン。手間がかかるものは何もない。絹子は夫の半分も食べられない。自分の方が先に死んだらどうしようと、それも心配の種のひとつだ。先に死んでなるものか、夫亡きあとの好き勝手な生活を楽しむのだと常々、意気込んでいる。

朝食をとりながら絹子はゆっくりと一時間かけて朝刊を読む。夫が帰ってきたら近所のスーパーに行くつもりで待っていたが、昼時になっても帰ってこなかった。

おかしいなあと思いながら二階に上がった。まさか倒れているのでは……。一抹の不安が頭をよぎる。

彼の部屋を覗いた。すると、ベッドの前の小机に書き置きらしきものがあった。

『家を出ていきます。探さないでください』

え〜、えっ？　なんで？

常々、一人になりたいと思っていたことなど忘れて、絹子は慌てた。

しかし気を取り直してもう一度メモを見ると、下の方に小さな字でまだ何か書いてある。

そこにあった夫の眼鏡をかけてもう一度見る。『続きは裏』と書いている。

めくってみると『晩ご飯は食べます』。食べるんかーい！　絹子は思わずツッコミを入れた。

いないなら部屋の掃除もできるのに、出鼻をくじかれた感がありその気はなくなった。

夫婦の小さなバトルはしょっちゅうあるけれど、昨日は久しぶりに大喧嘩をした。原因は……何だったか？　そうだ、絹子が夫の古い衣服を処分したからだ。前々から整理してと言っているのに知らん顔しているので、自分が処分してやった。たまたま地域の公報で古着を再生してどこかの国に送るという取り組みがあったので、そこに届けたのだ。少しでも誰かの役に立つなら、その方がいいではないかと思ってのことだ。

夫は烈火のごとく怒った。絹子も負けてない。十年以上もクローゼットに入れっぱなしにして一向に着る機会がないジャケットを、しかも、サイズが合わなくなっているのに、思わず「あほか！」と言ってしまった。

「あれは思い出のジャケットや、おまえに何が分かる！」

「そんな昔のことなんか知らん！　必要ないものを毎年毎年、虫干ししてブラシかけて、虫よけ用意して仕舞うんは誰やねん。もう私かて片付け、しんどいねん」

夫は怒りを顔に張り付けて二階の自分の部屋に上がって退散した。不利になるといつも逃げるのだ。それでも時間が経つと下りてきて、言いすぎたと思ったのか、「あれはもうええわ」と言った。結婚以来、夫は自分が悪かったと思っても謝ることはしない。それでも怒りは長く続かないのを絹子は知っている。

絹子は夫の「もうええわ」が謝ったことになると思い、心を静めたのだった。

しかし、この書き置き、夫は昨日の復讐で心配させてやろうと思いついたのかもしれない。ならば私もと絹子は考える。ここは仕返ししかないだろう。

洗い物を済ませると、化粧をして急いで着替える。

あんな書き置きを残して心配させようたってそうはいかん。絹子はメモを手にしてペンをとる。

『私も家を出ます。探さないでください』

そして小さな字で下のほうに『続きは裏』と書く。紙をめくって、さて何と書こうかと思案する。『晩ご飯は作ります』か『晩ご飯は作りません』か。考えた末『作ります』にした。それを食卓のテーブルに置いた。『作りません』は、いざという時に取っておくつもりだ。

外に出ると秋の気配が心地よい。こんないい天気なのに家に閉じこもっているなんてもったいない。部屋の掃除なんかしている場合かと思いながら、絹子は駅まですたこら歩く。

ＪＲに乗って三の宮で降りるとたんにお腹が鳴った。右往左往しながらセンター街を歩く。柳筋を抜けて元町商店街に向かう。一筋目の路地に昔ながらの喫茶店があるのを思い出した。〝エデン〟と書かれた看板を見つけ中に入る。カウンターに座りミックスサンドとコーヒーを注文した。この店は、この辺では珍しいレトロチックな造りで、テーブルも椅子もかなり使いこなされている。

店を出ると大丸へ行った。一気に屋上階に上がる。おしゃれな植木や鉢物の花を眺めて過ごし、ベンチに座って空を眺めた。ここへ来れば心が解放され、小さなことにくよくよするのがばかばかしくなる。昔、夫と喧嘩したら、よくここへ来てぼんやりしていたものだ。缶コーヒーを買って、持ってきた文庫本を開いたりしたが、読んでも全く頭に入ってこなかったことを思い出す。

今では喧嘩らしい喧嘩はあまりしなくなった。昨日のように怒り狂っても、夫は歳のせいかすぐ忘れる。これはひょっとして、めでたいことなのか？

腕時計を見ると午後三時を過ぎていた。夫は四時過ぎには帰ってくるだろうから、五時に帰れば間違いないと絹子は頭で計算する。絹子のメモを見て、やったなと笑うか、悔しがるか、どっちだろう。しかし、仕返しのためには心配させる必要がある。『晩ご飯は作りません』にしたほうがよかったかもしれない。だが、そう書いてあったとしても絹子が帰ってくるのを信じて待っているに違いない。大なり小なりのバトルを繰り返しながら半世紀も一緒にいるのだから何となく分かるのだ。

大丸を出るとぶらぶら歩き出した。途中、ブティックを覗いたり雑貨屋に入ったり、本屋などに行ったりしながら時間をつぶし、三宮から電車に乗り自宅に戻った。

五時に帰るつもりが家につくと三十分過ぎていた。

「ただいま」。そっと玄関を開ける。返事がない。いつも履いている夫の運動靴もない。

夫はリビングにも台所にもいなかった。二階に上がってもいなかった。なんだ、まだ帰っていないのかと思うとがっかりした。と同時に、どこへ行ったんだろうと急に心配になってきた。絹子は落ち着きなく部屋の中を行ったり来たりする。サンダルを引っかけて外に出た。首を伸ばして遠くを見る。夫の姿かたちも見えない。

あかん！　これでは夫の手中にはまってしまう。絹子は、意外にも夫を心配する自分に愕然とした。敵は己の中にあったのだ！　心を落ち着け家の中に入った。そして、食卓に置いた自分の書き置きを破って捨てた。急いでまた二階に上がり、夫の書き置きを元のように戻して一階へ下り、夕食の支度を始めた。しばらくすると玄関が開く音がした。ああ、やっと帰ってきた。

ほっとしたが、ここは平常心を保たねばならない。

「ただいま」。何食わぬ顔で夫が台所に入ってきた。

「あー、おかえり」。絹子も何食わぬ顔で答える。

「ウォーキング、行くとこあったんやね」と言うと、「うん、まぁ……」。歯切れが悪い。

何か言いたそうに絹子の周りをウロウロする。夫は絹子が何か言うだろうと期待して反撃を待っているようだ。絹子は書き置きを見てないことにして最後まで知らんふりをした。

夕食を済ませ、テレビのニュースを聞きながら、夫は後片付けをしている絹子をチラチラ見ている。そして「今日は何もなかったか」と聞いた。

「別に、今日は私も神戸に行ってきた」

すましてそう答えたものの、絹子はおかしくて笑いたいのを必死で我慢した。

無事、何事もなく一日が終わった。風呂につかり、絹子は手足をおもいきり伸ばす。

夫は消化不良のまま寝ただろう。意地悪な仕返しは愉快だ。絹子はざまぁみろと鏡に向かって言い、濡れた指で曇りガラスに、あっかんべーと書いて風呂から上がった。

午前零時、絹子はいつもの時間にベッドに入る。今日は睡眠導入剤を使わなくても、よく眠れそうだ。

(2) 家出

昨日もそうだったが、今日も全くついてない。けれども昨夜、心に決めたことは、このあと必ず実行するつもりでいる。絹子は自分に誓い、手にしたバケツやモップが他の人に当たらないよう、体勢を整えた。停止したエレベーターは、うんともすんともいわず、一時間以上経過したような気がするが、腕時計を見るとまだ十分しか過ぎていなかった。幸い、空調は切れていないようだが、狭い箱の中、八人もいれば汗ばんでくる。それにしても、一通りの仕事を終えて掃除道具を片付けに地下倉庫へ行くつもりが、上昇するエレベーターに乗ってしまい、しかも突然止まるとは！　原因は昨日の夫のせいでイライラしていたからだと思う。緊急連絡用のボタンで外部とは連絡済みだから、待つしかなかった。仕方なく、絹子は道連れになった人間をそれとなく観察する。

なんといっても目立つのは金髪で蒼い目の若い女である。ピンクのワンピース姿で絹子より頭一つ背が高い。エレベーターが動かなくなることなんか、何でもないといった態度でいる。三十代とおぼしき女は諦めたようにうつむいている。ジャケットに綿パン姿の三十前後の男は目が鋭い。他には会社員らしい中年の男が二人。不自然なのは夏休みに入ったとしてもこんな所に子どもが一人でいることだ。阪神タイガースの帽子を被り、落ち着きなく身体を揺すっている。知的障害があるようなのに付き添いはいないのかと思いながら見ていると、男の子も絹子を見返してきた。

澄みきった瞳をまっすぐに向けられドキリとした。

「おかあさーん」。急に男の子が叫んだ。びっくりしたように皆が子供に注視する。

絹子は金髪女をちらっと見て、男の子に声をかけた。

「大丈夫、すぐ助けが来るから静かに待っていよう」

目つきの悪い男がじろりと絹子に目を向けた。

「おかあさーん」。彼は再度、声を張り上げる。

まるですぐ上にいる母親を呼ぶように。絹子は男の子の背中を撫でてやった。

「おばちゃん、うちのおかあさん、どこ？」。彼が聞いてきた。

「きっとエレベーターの前で待っているよ」。慰めに言ったが、そんな気がする。

「ダイジョブ、ダイジョウブ」思いがけず金髪女が言葉を添えた。

不安そうに男の子を見ている人と不快そうに見ている人がいる。

「いったい、いつになったら開くんだ！」

鋭い目つきの男がどん！と扉を蹴った。

「オニイサン、ドア蹴ったらダメダヨ。ウルサイヨ」

ひと言モノ申した金髪女に、ひやっとしたが、絹子は拍手を送りたくなった。

「なにぃ」

「うるさいよ」

男の子が、食って掛かりそうな男に繰り返した。

絹子は驚いた。男の子を庇うように思わず彼の頭をモップごと抱き寄せた。

他の人はハラハラしたように、それでも見て見ぬふりをしている。男は天井を見上げて黙った。顔にくそっと書いてある。絹子は、くっと笑いをこらえた。

「おばちゃん、これどうするの？」。男の子は絹子のモップを触りながら聞いた。

「これ？　これで床掃除するの」

「ふーん、魔法使いのモップみたいだね」

「ならいいけどね。モップにまたがったらエレベーター突き破って外に出られるかもしれないのにね」

「ふーん。おばちゃん、お口、きれいだね」。居合わせた人がぷっと笑った。

「ありがとう」。絹子は臆せず言う。

赤い口紅とぼかしたピンクの頬紅は、掃除のおばさんを始めてからつけだした。派手な格好して行くんやなと夫に言われたが、絹子は掃除のおばさんだから化粧もちゃんとして行くのだ。

現場でモスグリーンの作業服を着せられるとは思わなかったが、自宅から三十分程の電車通勤中、自分はベテランのキャリアウーマンのように振る舞う。服装もそれらしき格好で、今日はグレーのフレアースカートに襟周りにレースの付いた紺のブラウスを着てきた。靴は踵三センチの黒いパンプスだ。

今までずっと、あなたの職業は何ですかと聞かれても主婦としか答えられなかったことが寂しい。六十過ぎて何が自分に残ったんだろうと自問していた時、たまたま、この仕事を見つけた。

一日中家にいる夫と顔を合わせる時間も、三〜四時間は短縮される。掃除なんて主婦業の延長みたいなものだが、お金を得るのとそうでないのとは、まったく違う。

赤い口紅をつけると、なぜだかテンションが上がった。仕事もはかどるような気がする。

家では退職した夫が朝から晩まで家にいるので、はっきりいって疎ましい。

たまに散歩のついでと使いを頼んだら、毎回、必要ないものも買ってくる。それも値段に関係なくだ。

ついに昨日、絹子は切れた。夫はゴーヤを五本も買ってきたのだ。そんなの頼んでないと言うと、いきなりゴーヤをゴミ箱に放り投げた。驚いた絹子は捨てんでもええやん、と言いながらゴミ箱からそれを拾った。ゴーヤを洗いながら、怒りたいのはこっちや、と叫びたくなった。何度も同じことを言われるのに、なんで学習せんのかと思う。まるで子供だ！

もう嫌だ！　今すぐ家を出て行きたい！　けど、どこへ？　息子の所へなんか行けない。友人の所へ行っても迷惑をかける。別宅なんてものはない。

いらいらが解けないまま夜になった。ベッドに横になっていると、夫を困らせてやるため、何かいい方法はないかと考えを思いめぐらした。

今朝、職場に着いてからも、仕返しをすることばかり考えていたから、違うエレベーターに乗ってしまうというミスをした。せっかく買ってきたのだから、有難うと言って佃煮にでもすると言えばよかったのかもしれない。でもそうしたら喜んでくれたと勘違いして、またいらないものを次々買ってくるだろう。それは困る。絹子はやはり自分は正しいと思う。

男の子が身体を揺すりながら、急に阪神タイガースの応援歌を歌い出した。

そうだ、歌っていたら時間が早く過ぎるだろう。そう思っていると、数人が遠慮がちに手を振り、足でリズムを取り出した。絹子は男の子の肩に手を置いて拍子をとり、小声で調子を合わせる。金髪女が腕を振り歌い出す。なんだか楽しくなってきた。

この子といれば嫌なことも忘れられそうな気がする。老いぼれの夫なんかどうでもいい。こんな状態なのに、絹子の気持ちは少し晴れてきた。

歌い終わるのを待っていたように、ガタンと音がしてエレベーターが動き出した。数秒後に止まり扉が開いた。扉の前には警備員や消防の服を着た人や作業着の男たちがいた。男の子の母親もいて、彼はその胸に飛びついた。閉じ込められていたのは二十分にも満たなかっただろう。体調を聞かれ、やっと解放された絹子は本来のエレベーターに乗り、地下へ降りた。片付けが終わると事務所で簡単な日誌を付け、着替えを済まして地上へ出た。

道すがら、また昨日の怒りが蒸し返されてくる。どうしよう。これからどこへ行こう。陽はまだ高い。家出する勇気もなく、家出したとしても行先がない。そこで絹子は、夫のクレジットカードだけ持ち出して、今日は九時まで帰らないと決めたのだ。けれど、それまでどう過ごすかが問題だった。

絹子は駅の北側に向かう。街中は若い人で溢れている。絹子は各店舗を覗き、目新しいものはないかと目を泳がせる。しかし何を見ても気をそそられるものはない。カードで買い物三昧してやるつもりが、気に入らないものを買う気はないし、要らないものを買うのは勿体ない。そんなことをしたら夫と同じになる。主婦は基本的にケチなのだ。いや、倹約家なのだ。家計を預かっているのだから当然だろう。

人ごみを、ぶつからないようにうろうろ歩き回るうちに夕暮れ近くなった。歩き疲れて足が重い。いつの間にか狭い路地に来ていた。道の両側には飲み屋が連なっている。

「お姉さん！」。イケメンの若い男が声をかけてきた。黒いスーツをビシッと着こなしている。

「私？」。絹子は自分の鼻に指を当て、真横にいる男に言う。

「そうですよ。あなたのこと、今から用事？」

「でもないけど……」。お姉さん、と言われ絹子はちょっぴり気をよくする。

「ちょっと遊んでいかない？　すぐそこの店、三千円ぽっきりで飲めるから」

三千円か、クレジットカードもあるし時間つぶしに行ってみるか。絹子の気持ちが少しばかり動いた。

「そんなに飲めないけど」と言うと、男は絹子の腕を軽く捉えた。

「大丈夫、軽いドリンクもあるし」

ここぞとばかり勧めてくる。座りたいほど足は疲れていたし、喉も乾いていた。

さりげなく男に誘導され絹子の足は男が歩く方向へ自然と進んだ。

店は地下にあった。男は絹子の腕を捉えたまま離さない。暗い階段を注意深くエスコートする。中に入ると一瞬、目がくらんだ。うす暗くてよく見えない。

「ウエルカム」

恭しく頭を下げたマスターらしき男がカウンターに絹子を案内する。

マスターは西洋人だった。黒い蝶ネクタイと、白いワイシャツに黒いベストが決まっている。若くてこれまたイケメンだ。

目が慣れると絹子は辺りを見回した。案外奥行きがあった。安っぽい雰囲気はなく、いくつかあるテーブルには豪華な花が置かれ、重厚なソファーが座る人を待つ。まだ早いのか、客は他に誰もいなかった。絹子をここへ運んできたさっきの男はいつの間にか消えていた。

静かな音楽が流れている。こういう所は夫と付き合っていたころ、何度か連れてこられたが、結婚してからは初めてだった。何年ぶりだろう。なんだかワクワクする。

マスターがお絞りを差し出す。それから綺麗な色のブルージンを絹子の前に置いた。

一切れのオレンジが、グラスの縁に腰かけるように添えてある。

マスターはカウンターから出てきて、さりげなく絹子の隣に座った。絹子は急に落ち着きをなくし、お尻がむずがゆくなった。

「こんなとこ初めて？」

流暢な日本語で、妙に馴れ馴れしい。絹子は慣れないところに来てしまって、そわそわしていた。

「大昔に、夫と来たことはあるけど……」

「じゃあ、今日は久しぶりに昔に戻って楽しみましょう」

「まずビールを下さい、喉が渇いてるから」

ビールから始まって、よく知らないカクテルが注文もしないのに次から次へと出てきた。それに付随しておつまみも出てくる。男は饒舌で話題も豊富だったが、絹子の知らない今時の若者が好む話が多くついていけない。だんだん飽きてきた。若者の恋愛事情なんかどうだっていい。芸能人の不倫だってどうでもいい。それに、ここは何とも場違いだ。

今頃、夫はどうしているだろう。もうとっくに帰ってきている時間なのに、どこをうろついているのかと怒っているだろうか。それとも、事故にあったのではないかと心配しているかもしれない。深夜になっても帰らなかったら捜索願いを出すだろうか。しかしそれはちょっと面倒だ。

今朝は昼食も用意しないで出てきた。外食を好まない人だから、お腹を空かせて待っているかもしれない。そう思うと少し可哀そうになった。それでも心を鬼にして今日ばかりは心配させてやると決めたのだ。なのに、もう帰りたくて仕方がなかった。

「そろそろ、帰るわ」。しばらくしてマスターに言った。

彼は勘定を書いたメモを持ってきて絹子に見せる。〝三〇〇〇〇〇円〟という数字が目に飛び込んできた。絹子は、えっ、と思いながら何度も、一、十、百、千……、と数字を目で追う。

「えっと、三千円って言わなかった？　桁が違うんだけど」

「お客様の飲食された合計です」

「殆どあなたが飲んだんじゃない！」

「はい、有難うございます」

「有難うって、あなた……」

いくら夫のキャッシュカードで支払ってやるとはいえ、これはぼったくりじゃないか。

「ローンでもお支払いできますよ」

絹子は罠にはまった！と思った。こんなことはニュースで聞いたことがある。しかし、まさか、自分が……。どうしよう。夫の顔が浮かんだ。

「とてもこんな金額、払えないわ」

「困りますね」

「う〜ん、夫に電話してお金を持ってきて……」

そこまで言いかけた時、勢いよくドアが開いて客が入ってきた。

「アレッ？　オバサン！」

いきなり馴れ馴れしく肩を叩かれた。なかなか忘れられない印象的な、あの箱の中の金髪女だった。

「ヒトリデ、ノンデル？」

「って、よく分かったね、着ている服も違うのに。私はあなたのこと覚えてるけど」

「ミッシツデ、イッショダッタネ。ソレニ、アカイクチビル、ワタシ、オボエテル」

「まっ、恥ずかしい！」

「オバサン、イマ、ステキ！」

「有難う。作業着じゃないものね」

「ワタシ、アリス。ユウハ？」

「私は、絹子。シルクよ」

「ステキ。サッキハ、タイヘンダッタ、ネ」

金髪女は絹子の隣に腰掛けた。

「イッショニ、ノム。オッケー？」

「今、帰るところなの。でも私、実は困ってるの。このお勘定」

絹子はメモをアリスに見せた。

「ワオ！　ネバー！　チョットマスター、コレ、ダメダメ。マタ、ツカマルヨ」

絹子は階段を駆け足で上がって地上へ出た。

アリスに出会って助かった！　彼女はこの店の常連でマスターと顔なじみだった。おかげで、ぼったくりから免れたうえ、アリスは三千円を奢ってくれたのだ。

しかし……。夫のキャッシュカードで贅沢三昧してやるつもりが、桁違いの金額に驚いてビビってしまった。当初の目論見が外れて何だか複雑だ。

それでも非日常の時間は単純に面白かった。これも、アリスに出会えたおかげだ。いや、エレベーターが故障したおかげだ。でも、その前に、ほんとは夫が頼みもしないゴーヤを五本も買ってきたおかげかもしれない。駅まで絹子は自然と阪神タイガースの応援歌を口ずさんでいた。

しかし、電車を降りてからの帰路は足が重い。

自宅に着くと、音を立てず、そっと玄関ドアを開けて中に入り耳をそばだてた。

リビングに夫はいない。キッチンの流しは汚れた食器やコップが散乱している。

「帰ったかあ」。奥の風呂場で声がした。

なんだ、呑気にお風呂に入っていたのか。そう思うと腹立たしくなった。心配の欠片もなさそうではないか。

「ごはん、どうしたん？」。絹子は風呂から上がった夫に聞いた。

「昨日の残りのカレーとご飯チンして食べた」

それを聞いて夫は私がいなくても生きていける、これまでは世話をやきすぎたと思った。

仕返しは成功したのか失敗したのかよく分からない。これではまるで独り相撲をしたみたいだ。

絹子は流しの汚れものを洗う。洗い終えて着替えもせず、いつもの自分の椅子に座ってぼんやりしていた。それから冷たい水をひとくち流し込む。今日は危うくぼったくりにあいそうになったけど、日常にはないことを経験して今までにない刺激的な一日だった。

でも私、なんで泣いているんだろう。絹子は目尻を指でなぞり呟いた。

著者プロフィール

松田 あした（まつだ あした）

1946年生まれ
獅子座　血液型O型
兵庫県在住
神戸女子短期大学初等教育科卒
好きなこと（書くこと・読むこと・美味しいものを作ること）
好きな作家（三浦綾子・川端康成・湊かなえ）
好きな芸能人（所ジョージ）

青春の旅／ほか

2023年11月15日　初版第１刷発行

著　者　松田 あした
発行者　瓜谷 綱延
発行所　株式会社文芸社
〒160-0022　東京都新宿区新宿１－10－１
電話　03-5369-3060（代表）
03-5369-2299（販売）

印　刷　株式会社文芸社
製本所　株式会社MOTOMURA

ISBN978-4-286-24592-8